U0070591

八年奮戰　峰迴路轉

綠能風暴

Dirty Secrets Behind Clean Energy

Decisive Changes Made after Eight-Year Struggle

綠能風暴從何而來？
天書是甚麼？書中揭祕

作者／安度

推薦序

道法自然 珍惜資源

陳琴富 中國時報總主筆

能源問題是當代人類面臨的最大挑戰，由於人類過度耗用地球資源，使得能源短缺，加上人類使用能源產生的碳排已經造成溫室效應，不僅改變了環境生態，同時更危及人類的生存。近年來從生態保育、地球永續發展、《京都議定書》謀求減碳到《氣候變遷公約》的各國相互約束，不但看到人類意圖彌補自己因過度耗用資源的後遺症，同時也看到國際間自私的角力。美國總統川普就一度以美國不願意付出過多而退出公約。可見能源問題也反映了最根本的人性。

台灣又怎可能自外於國際的大環境呢？能源問題也一直是台灣政治角力的議題之一，核四的爭議就是典型的例子，核電的問題在台灣最終演變成政治問題。馬英九時代因為民進黨的全力抗爭而封存了核四，蔡英文上台後直接廢除核四，把核四燃料棒運至美國。但問題仍然沒有解決，曾經在 2018 年和 2021 年兩度公投角力，前一次「以核養綠」公投過關，民進黨無意執行；第二次沒過關，民進黨順理成章繼續推動非核家園。

非核家園的政策使得政府必須以更多的綠能來替代，蔡政府採取天然氣五成、煤電三成、綠電兩成的配電比例，但顯然綠電供應不及，火電又造成空汙，最終還是供電不足，停電、跳電連連，而且電價又不得不上漲。如今捉襟見肘的能源政策問題重重，顯然只因為廢核的意識形態造成無法解決的後果。韓國總統尹錫悅就為此批評前任文在寅的廢核電政策是愚蠢的行為，台灣的廢核會如何發展，可以預見的是供電不足、電價上漲、空汙無解，最終還是得由全民承受。

為了呼應全球淨零趨勢，政府也宣布了「台灣 2050 淨零排放路徑及策略總說明」，宣示將會以「能源轉型」、「產業轉型」、「生活轉型」、「社會轉型」等四大轉型，及「科技研發」、「氣候法制」兩大治理基礎，輔以「十二項關鍵戰略」制定行動計畫，落實淨零轉型目標。這一看就知道是畫大餅，所謂能源轉型，光是風電和太陽能就搞得人仰馬翻而又沒有成效了，還轉甚麼型？而產業轉型更因為第一波電價高漲，就指向企業，一下漲百分之十五，讓企業氣到罵翻，還轉甚麼型？吹牛政府反正騙死老百姓不花錢，誰管他 2050 那時會變成如何了。

這就是台灣的能源發展生態，而本書正好是在寫其中一段《再生能源發展條例》的立法歷程，這一段過程也正是台灣能源政策的縮影。這原本是作者的碩士論文《我國再生能源發展條例立法過程與法案內容之研究》，為了讓更多人理解這段歷過程而改寫成小說《綠能風暴》，透過作者的生花妙筆讓我們看到一個法案的形成，其間有多少勢力介入其中，在利益集團的運作以及角力下，所完成的法案其實早已失去原來應有的樣貌。

小說更能凸顯人性的貪婪、自私，在利益團體的交鋒中，當然也有秉性善良、堅持理想的人。《綠能風暴》雖然只寫一段立法過程，但也歷經了將近二十年，從立法院的角力可以映照出整個社會的動態。其實，台灣近二十年的政治就是在各方勢力不斷互相拉扯中前進，其中最嚴重的當然是藍綠惡鬥，耗盡了台灣所有的政治資源，也使得台灣的能源政策不能走上正途。

的確，空氣、陽光、水、綠色植物都是老天賞給人類最自然的能源，如果人類能夠珍惜資源、善用能源，怎會搞到今天溫室效應，必須共同約束減碳的地步呢？而人類的確也不知道深自反省，乃至於在 2020 年引爆了新冠肺炎疫情，造成人類的一大浩劫，甚至改變了人類的經濟模式與生活方式。人類始終要透過重大的災難才會記取歷史教訓，才會想起古人的智慧。中國上古哲學早有教訓，不論是易經的「元亨利貞、天道循環」，還是老子的「道法自然」，都是現代人對於能源可以依循的生活態度。確實，人類是地球的一份子，必須反省如何與大自然共生的法則。

本書作者鄒智純女士是我在《中時晚報》的同事，她負責主跑財經新聞時，就有著新聞記者追究到底的堅持與不畏強權的勇氣。書中也顯露了她的佛學素養，在故事情節中，透過生死大事，彰顯生命無常的本質，提醒世人活在當下。相信讀者也能透過作者的觀照，體悟世間的無常和生命的本質。這應該是作者最想和讀者分享的體會吧！

推薦序

從風暴中學習

詹世弘 元智大學前校長

二十年前經友人推薦，有幸認識本書作者鄒智純小姐 ，她當時已是一位難得國內外歷練之資深媒體人，為人個性率真，樂觀積極，富有使命感，深通佛學，禪定又活潑。在我投入社會公益活動時，承蒙她得力相助，受益良多。今欣聞勇於揭發台灣發展再生能源的綠能風暴，勇氣可嘉，以真實過程為背景，透過小說科幻等元素，一氣呵成。引經據典，文情並茂，以慈悲心，記載台灣發展新能源之秘辛及其坎坷歷史，把刻板的立法過程轉為有趣小說，堪稱一絕。

台灣綠能的推動，緣起 1999 年應聘回國為某私立大學的校長，發現台灣傳統電子等產業西移，國內產業逐漸空洞化。企業老闆急尋替代新產業，希望找到對環境友善，可造福人類之生存，且可永續之新產業。經與能源背景的校長商討後，共推新能源為明日之星，因而共同發起“綠能協會”，盼能催促新能源產業，以彌補空洞化。

幾經研議世界各國策略後，決定借鏡最成功的德國模式，以立法訂定再生能源發展條例，明定保證收購綠電額度及價格，以創造市場，吸引民間業界之投資。當時政府主管機構反對，相關國營單位不認同，民間及業界陌生，學界幾無研發，要立法何其艱辛！

所幸找到一位靈魂人物當秘書長，從北到南，辦起說明會及研討會，滿堂產官學研，座無虛席然後再戰立法院。八年抗戰，在衆多有心人士，共同努力下，終於立法通過，才有台灣今日太陽光電及風力發電之蓬勃發展。這幕後大功臣，書中之秘書長當之無愧。究竟這位大功臣之廬山真面目，是何許人物，在此暫且不宜透露玄機，讀者當自會解密。

在再生能源立法過程中，與立委之互動，反映出台灣的政治生態。以民主國家美國為例，基本上是兩黨均衡政治體系，雖不完美，國會議員大致會傾聽民意。相較於台灣，選後有些立委以自身利益為優先，雖然民代索賄新聞時有報導，但當親聞立委助理，明目張膽要求利益交換時，令人震撼不已！切盼台灣民主政治，早日邁入清廉之康莊大道。

書中第四部，言及台灣本土疫情大爆發事宜，繼中國之後，美國是首受新冠病毒感染的國家，其防疫經驗可供借鏡。基本上它的防疫策略着重於預防，便民及顧經濟。人命關天，總統親自指揮，啟動戰時的“國防法”，得以動用政府及民間企業，大量製造和提供疫苗，以增強百姓抗病毒之免疫力為首要任務。

同時，美國作法是疫苗運送至各地藥房，便利百姓施打，充足藥劑及檢測物品，自家測試劑免費寄送至府上，藥房也免費提供 PCR 核酸檢測。人民得自主管理，視訊看診，紓困金每人 $1400 美金（約台幣四萬元）直接匯入個人銀行帳號，實惠又方便。疫情統計資訊，每日自動上網公開，相對台灣早期防疫雖受肯定，後來却疫情失控，美國紐約時報及英國衛報等國際媒体，皆有報導，並道出原因如下：1. 疫苗採購不足及緩慢。2·想靠自產疫苗。3. 不准全面普篩。4. 自我滿足。5. 網軍文化。以上國際知名報紙及雜誌的中肯分析，值得深思與參考。

世紀病毒持續變種，來日方長，台灣當局應亡羊補牢，與時俱進，造福百姓，善莫大焉。

寫於美國加州 2022/06

推薦序

哲學兼「理」學及「心」學

呂榮海律師

1992 年至 1995 年三年間，我離開律師的位置，就任行政院公平交易委員會首屆委員的職務，在公平會執行產業經濟與公平交易的工作，因而認識了本書作者～當時跑公平會新聞的記者鄒智純。她工作認真、新聞感敏銳，又不失善意、正道，我們在採訪與被採訪之間，保持長久良好的關係，互相切磋。

最近欣見作者在近三十年之後，仍繼續以一枝筆寫下「綠能風暴」這部小說，她希望我為她的著作寫序，雖然我非專業的文學評論者，但見她這部小說以「綠色能源」為中心，貫穿二十多年來的台灣社會、兩岸及國際，很有社會「史」的意義，和我近年來從事的「鵝湖民國學案」及「天然氣發電」、「太陽能發電」、「風力發電」息息相關，乃樂意為之序。

確實，近年來自從「廢止核電」政策決定之後，台灣確實面對缺電、斷電及增電價之課題，這些必須真實告訴每一位選民及國民，而綠電包括太陽能發電、風力發電、地熱發電，甚至天然氣發電據新聞報導須增至50%之發電量，然台電向民營電廠購天然氣發電每度於2015年之時已是每度約4元，太陽能發電則為每度5至6元，則日後庶民用電，怎有辦法長期維持每度2元多？看來，增加電費是未來的趨勢吧？

所以，我們宜多關心作者所述的「綠能」風暴！主政的法律人大都不懂電，我們庶民、企業則宜關心自己，關心作者所述的「綠能風暴」。

除了「綠電」外，作者書中也敘述及推動法案時，民間團體的努力以及立法生態，也述及記者生涯的甘苦及進入「中南海」採訪「一中各表」的狀況，可謂「多彩多姿」可供參考。書中，也以相當篇幅述及佛學、天書、魔鏡等「玄」的部分，勸人保有善心，舉頭三尺有神明，亦奉勸世人，在世局紛亂的當下，要保持初心。原來，找遍全世界(也有遊覽世界各地的味道)，「天書」竟是在台灣找到的《般若心經》！而小說中有些情節，例如偵探阿亮和大陸姑娘雪嬌有情人終成眷屬，而且，凶手也主動投案，全是「心」境的改變。這和我十年來所接觸的鵝湖會哲學兼「理」學及「心」學，可謂殊途同歸也。是為序。

自序

付出就有收穫　持續就是力量

安度

生命是一個築夢，實現夢想的過程，而信念可將美夢付諸實現。在疫情期間，把握當下因緣，終於完成這部醞釀多時的《綠能風暴～八年奮戰 峰迴路轉》小說，深感欣慰。

有人問我：為何要寫綠能風暴此一主題？遠因：昔日論文指導教授當時曾提醒，可以將論文出版。但是個人覺得，學術論文礙於許多規定限制，且文字過於生硬，於是苦思，如何將不易閱讀的論文，改變為小說？最終決定以虛虛實實方式，注入一些故事情節，也許更能引人入勝。在疫情期間，加緊努力，寫完後心中積蓄已久的能量，終於找到宣洩出口。這是一部反應時代背景的小說，以推動台灣綠能法案之過程暨環境永續發展為主軸，期望建構一個美麗新世界為願景。

人類自以為是萬物之靈，長久以來不斷破壞大自然生態，不懂得珍惜有限資源，使得地球變得岌岌可危。我們只是地球的過客，天地萬物，宇宙眾生互動，需要愛和慈悲的關照。全球災難不斷，令人心生不安，讓我們保有一顆純真的心，當下一念慈悲、感恩、反省，努力讓地球變成一片淨土。

台灣是個海島國家，極度缺乏自主能源，百分之九十九以上的能源仰賴進口。為確保能源供應穩定，提升我國能源供給安全，減低對化石燃料的依賴，並減少溫室氣體排放，發展再生能源也成為我國經濟發展與環境資源應用面臨的最大課題。

全球正面臨環境污染日益嚴重，及能源匱乏的挑戰。而在環境永續發展過程中，所謂綠色能源，亦稱為新能源或再生能源，包含風能，太陽能等，是老天爺給與人類，取之不盡，用之不竭的再生能源，已經成為當今國際間替代能源的重要選項。

媒體揭露，國發會曾在 2022 年三月公布，2050 淨零排放路徑，關鍵的能源結構部分，再生能源佔比，將從 2025 年的二成，大幅提高到六到七成，並納入約一成的氫能電力，百分之一的抽蓄水力，並保留百分之二十到二十七的火力發電搭配碳捕捉封存，達成電力供應的去碳化。工商團體普遍認為，那是天方夜譚，也是一個「不可能的任務」。而提高再生能源的能源占比，不是政府部門隨意畫個大餅充饑，就可以實現的。從光是推動再生能源的立法，就長達八年看來，顯見政府效率極度不彰。

這部小說涵蓋的主軸有：

一、描述民間團體—綠能協會催生再生能源立法過程中，八年來承受各界的壓力，包含民代的貪婪索賄及政客短視潛在之能源危機，加上社會普遍對綠能缺乏認識，民間團體究竟如何峰迴路轉，走出一線生機？順利完成立法院三讀通過的使命。

另外，文中鋪陳綠能協會理監事改選內幕重重，內鬥之結果，形成山雨欲來風滿樓之緊張局面。

故事背景年代，發生於西元 2000 年初，社會各界

對推動乾淨能源，能源永續發展依然非常冷漠，面對台灣可能有缺電之疑慮，有志之士，亦缺乏未雨綢繆的遠見。綠能發電在台灣，當時還未成氣候，推動再生能源立法談何容易？文中亦著墨面對過去 SARS 、當今 Covid19 等世紀病毒的全球蔓延，台灣難掩亂象叢生的窘境。

二、故事主角王又藍秘書長，個性正直率真，雖然在民代之間奔走穿梭多年，始終沒有和一群政客們同流合汙，而保有一顆真心。雖然民間團體花了很長時間才完成催生立法工作，但他一路走來，不畏艱難，不忘初衷，不耍心機，獲得大家的敬愛。

書中主角何以能一次又一次的度過挑戰？最重要關鍵是，他以「無我」的精神，接受所有的逆境，因為他明白，具備無我的「空觀」，才能從容面對生命中的所有磨難，減輕煩惱。佛教講「無我」，不是說甚麼都沒有，而是指由因緣和合的假我，緣生緣滅，在生滅之間，「我」是時時刻刻都在變化的。

「捍衛綠能向前行，面對逆境忍忍忍，八風吹來不動心，因緣成熟終成就。」這是小說主角心境之最佳註腳。

同時，故事中亦鋪陳新聞媒體人員滿腔熱誠，發揮鍥而不捨精神，意圖揭發民代索賄事實，但是面對殘酷現實環境，出現種種變數。

三、在推動再生能源立法的過程中，發生令人遺憾的意外事件，那就是擁核、反核人士的激烈運動，造成有人不幸喪生。文中告訴讀者，面對無常，應如何正確對待生命的結束？及學習如何重新站起來的勇氣？與如何不斷地自我超越？《金剛經》云：「過去心不可得，現在心不可得，未來心不可得。」世間唯一不變的就是「變」。

文中核心人物之一偵探阿亮具靈異體質，平日喜愛靜坐，對生命有深刻體驗。為了偵破命案，他和女友雪嬌，展開在各地尋找無字天書之神奇旅程。

總結來說，貪婪雖是人類的通病，故事中揭露推動再生能源立法過程中，諸多醜陋內幕，凸顯人心貪婪及缺乏高瞻遠矚，人類將自食惡果，例如面對缺電危機就是苦果。因果是世間最公平的仲裁者，所謂「欲知前世因，今生受者是；欲知來世果，今生作者是。」

在物質欲望掛帥的世界裡，很少人可以遠離對金錢的誘惑。活在世間，除了追求財富累積之外，究竟人生的價值及意義是甚麼，更值得深思。書中人物，有人活在當下，用心體會每一個平凡的經歷，終於找到自我，進而提升自我。有些人則透過冥想靜坐，找到生命的真實價值與意義。

有些人相信命運，思想悲觀，最終走向自我毀滅，甚為可惜。有些人從失敗、困難、挫折、災難中，找到生命的真諦，進而發現逆境是考驗人生的試金石，唯有勇者敢於挑戰，跨越障礙，越挫越勇，懂得去創造命運，改變命運。

感謝所有因緣的成就，實現多年夢想。而綠能專家現旅居美國的前元智大學校長詹世弘、昔日同事陳琴富總主筆、好友知名律師呂榮海，百忙中願意為拙作寫序，表達誠摯的謝意。書之封面《綠能風暴》四字，是姚翠敏同學所撰寫的隸書，還有對完成本書的所有協助者，一併致謝。

期許此書能像一艘船，引領讀者從一個狹隘的地方，駛向無限寬闊的海洋，在漫長的黑夜裡，成為一座燈塔。同時亦為這個不平靜的年代，留下一些歷史的痕跡。

2022/10/10

德國擁有世界上第一部氫能火車

目錄

第二部 突破瓶頸

第三部 立法闖關

第五部 天書之謎

第六部 詭譎情勢

第一部 動盪不安

1-1 推動綠能 踏出首步

農曆春節過後，台北天氣濕冷，寒氣逼人，讓人覺得渾身不自在。在火車站附近，出現一位中年帥氣男子，走在商店的騎樓下，巧遇一位老友，彼此短暫寒暄後，知道昔日同窗好友突然病故消息，彷彿一股寒流湧入心頭，難以置信地回應：「世事難料，生命無常」。近中午時分，天空飄著細雨，中山北路的行人，三三兩兩快速穿越馬路，川流不息的汽車飛嘯而過。忠孝西路的行政院、監察院附近，一如平常沒有特別動靜，但是望眼中山南路的立法院正門口及青島東路、濟南路附近則分外不平靜，因擁核、反核團體正在醞釀一場大型的示威活動。

而有一個非營利的民間 NGO 組織一綠能協會，卻在一群熱心人士的推動下悄悄誕生。協會成員有民意代表、學者及綠能業者包含風力、太陽能、生質能、地熱能、海洋能、中小型水力、垃圾掩埋沼氣、燃料電池等。此一組織經費來源，主要靠會費之收入，以企業團體會員為主，個人會員為輔。也定期發行會刊，有廣告收入挹注，甚至經常舉辦各類綠能活動，增加收入來源。由於沒有大型特定企業的贊助，因此經費只可以勉強運作會務。

幾經考量，協會辦公室新址就位在中山北路，坐落在台北火車站忠孝東路的一棟老舊大樓裡，距離立法院只有數里之隔。這個組織身負使命，誓言一定要把在立法院多年乏人問津的《再生能源發展條例》闖關成功，創造台灣成為一個擁有乾淨能源的友善環境，向歐美國家推動綠色乾淨能源看齊。

台灣是個海島國家，極度缺乏能源，百分之九十九以上的能源仰賴進口。為確保能源供應穩定，提升能源供給安全，減低對化石燃料的依賴，並減少溫室氣體排放，因此發展再生能源是個很重要的議題。不過，西元 2000 年時只有極少數的專家學者會對此議題，投以關注的眼光，多數的民眾對綠能問題無感。

風和日麗的上午，綠能協會舉行理監事會議，討論聘用秘書長人事案，由理事長洪樂天主持。他是位熟悉新能源領域，從國外返台的學者，受到民意代表、企業界、學界的一致肯定，推舉他擔任籌備會的首任理事長。他目前在大學擔任教授，個性溫和，謙沖為懷，大家對他在台灣推動再生能源之立法寄予厚望。

洪樂天理事長介紹新任王又藍秘書長的學經歷：「他是一位資深的媒體人及整合事務的最佳推手，是本會現階段要推動再生能源法案的最佳人選。」經過理事長的詳細陳述，所有理監事沒有異議，一致鼓掌通過秘書長的任命案。

追求公平正義的王又藍秘書長，不負眾望得到大家支持，會議中向理監事簡短致詞，表示願意為大眾服務，並竭盡所能全力以赴。熱愛地球，茹素多年的王又藍，以樂觀開朗的性格，接受生命裡的所有考驗！

洪樂天勉勵新任秘書長:「要忍受得了辛苦及耐操，才能堪受大任！」他交辦第一件事情就是，儘速讓這個單位～綠能協會，取得民間團體的立案證書，下一步則是努力完成推動再生能源立法的使命。

不過，秘書長心中想到這句話：「功名富貴之前退讓三分，何等安然自在；人我是非之前忍耐一些，何等悠閒自得。」

協會發布人事命令後不久，距離八月一日上任，還有半個月的時間，王又藍決定與在大學任教的妻子夏萍，一起前往法國旅遊。他們是第二次來巴黎遊覽，決定以自由行方式，享受人生樂逍遙滋味，可以任意飽覽美麗又浪漫的法國景致。

1-2 浪漫法國 有緣相逢

法國旅遊第一站，王又藍夫妻選擇搭船遊覽法國北邊的塞納河，重溫舊夢。乘船時，因為當時吹來一陣風，夏萍一不小心沒站穩，突然跌落在鄰座阿亮的懷裡，讓她頓時覺得很尷尬，於是頻頻向阿亮表達道歉後，繼續坐下來，欣賞沿途巴黎鐵塔等美麗風光。

夏萍看到阿亮也是東方臉孔，為了化解尷尬及好奇，自然和阿亮簡單用英文寒暄後，了解彼此都是來自台灣，哈哈一笑，覺得很驚訝也分外親切。

「我叫夏萍，是一位大學講師，這次和先生一起遊玩法國，預計停留十天。」

長得帥氣的阿亮回應：我的名字叫葛文亮，朋友喜歡稱呼我阿亮，是當私家偵探。這次有些任務需要完成，所以來到法國蒐集資料，預計停留一周後就返回台灣。這次工作之餘，順便遊覽法國風光，沒料到竟然在巴黎異鄉，可以巧遇來自台灣的朋友，和夏老師認識，真的很高興。

快到下船目的地時，阿亮順手把口袋中的名片遞給夏萍夫婦後，就結束彼此短暫的聊天。

法國擁有很多如童話般夢幻的美麗古堡，舉世聞名，是許多遊客必定要拜訪的聖地，例如凡爾賽宮、香波城堡、舍農索城堡、聖米歇爾山城堡、文森堡城堡等。

聖米歇爾山 1979 年入列世界遺產之中，是法國最受歡迎的旅遊景點之一。

王又藍、夏萍夫婦出國前，早就規劃以法國聖米歇爾山城堡，當作法國之旅很重要景點。此山形狀幾乎近似圓形，一周長約 900 公尺，最外圍是中世紀的圍牆，內層的村莊沿著山坡而建，最後山頂才是聖米歇爾修道院。平時退潮時四周是廣大的沙洲，但在高潮來臨時會形成完全的孤島。

聖米歇爾山原名銅布山，只是庫埃農河出海口的一個突出小島。最早的教堂在 708 年，由阿伐朗什的主教歐貝所興建。傳說中，天使長聖米歇爾三次出現在主教的夢中，要求他以聖米歇爾之名在銅布山上修建教堂。起初主教並不在意，直到第三次聖米歇爾將手指戳進主教的頭骨，這才讓主教相信，開始興建教堂。

聖米歇爾山位於北法諾曼第地區，為庫埃農河的出海口，此河也是法國諾曼第地區與布列塔尼地區的分界線。聖米歇爾山距離巴黎約 320 公里，離附近最大城市雷恩 60 公里。

所謂有緣千里來相會！一個天氣晴朗的上午，王又藍夫婦在搭高速鐵路前往聖米歇爾山城堡的路上，車裡再度和阿亮相逢，彼此見面，雙方驚訝得說不出話來。

夏萍先與阿亮打招呼說：「真巧啊！我們又見面了！」她伸出雙手主動表達善意和他握手。

阿亮微笑地回應：「我們能夠在異國再度碰面，真是很開心。」人與人之間的緣份真是不可思議！一路上夏萍夫婦和年輕又幽默風趣的阿亮，有說有笑，彼此很投緣，彷彿是久未謀面的朋友敘舊。夏萍也分享上一次來法國遊玩的趣事及美好回憶，增添旅途上幾許的歡笑！

快樂時光總是過得特別快，到達目的地之時，彼此各自分開，欣賞聖米歇爾山城堡景點，阿亮則繼續進行此行秘密的任務。

1-3 神秘任務 充滿挑戰

結束城堡之旅，夏萍再度前往著名的法國經典園林～凡爾賽宮壯麗花園遊覽，對他們夫婦來說，那是個值得紀念及充滿回憶的地方，這座美麗的花園可喚起當年他們度蜜月的甜蜜時光及生活上的點點滴滴。

但是，王又藍秘書長則顯得心不在焉，因為心中開始掛念新工作的種種挑戰，但是不得不陪在妻子夏萍身邊閒逛，以免掃興。

座落於花都西南邊近郊，在蔥翠明媚的自然大劇場裡， 以富麗堂皇的凡爾賽宮為主軸，建立於幾何對稱形式中，宛如花園統攝大自然般。盎然生機的園林，充滿濃厚的法國歷史情感。

凡爾賽宮園林，在法國社會大革命前有 8000 公頃，至今只剩下 815 公頃。整座宏偉壯觀的花園， 以水光幻影的水盆、水床、噴泉、瀑布、運河為主奏，在路易十四時代裡有 1500 多座晶瑩壯麗的噴泉，如今只剩 300 多座。

每當噴泉水舞時，所有噴泉都隨著古典交響曲，飛舞躍動，水花四濺，充滿氣勢與魅力，就像一座詩情畫意的水花大劇場，煞是迷人。

還有，幾座大型五彩繽紛季節性和卓越完美的圖案花圃，賞心悅目，充滿視覺美感，而讓人們流連忘返。這裡一年四季花團錦簇，彷彿是人間天堂。而三百多座壯觀的古典雕像有大理石、青銅、鉛等點綴，堪稱世界上最大的一座戶外古典雕塑園。

有工作狂的王又藍，晚上回到飯店，立即開始打開自行攜帶的電腦工作，蒐集協會相關成員的資料，希望對企業界及學者民意代表等成員，有深入的了解，並思考如何快速達成理事長交辦的使命和達成目標。

十天的法國之旅匆匆結束了，夏萍因為是大學講師、尚未開學，所以心情很悠閒輕鬆。但是又藍秘書長則必須馬上回到工作崗位，備戰狀況。

阿亮則繼續進行他的神秘之旅，及蒐集此行必須取回的情報，尤其是他決意要找到法國的魔鏡所在之地及神秘天書，這是他此行最重要的任務。其實這是一個非常困難的挑戰，如果能夠順利找到的話，對他以後辦案，找線索等工作如虎添翼。

但這次阿亮在當地朋友的指點下，走入兩個神秘的古堡，依舊無功而返，沒有找到任何有關神秘天書及魔鏡的蹤跡。不過他並沒失去信心。如果這次沒有達成目的，他期望下一次法國之旅，能夠順利完成任務。

很少人知道，阿亮其實是個富有超能力的人，從小天賦異稟，思緒也特別敏銳。從事偵探工作，可以協助命案的偵破，完成很多人類肉眼所不能達成的任務，這是阿亮這一期生命來到世間，很重要的任務使命。

1-4 風雲變色 人生無常

就在王又藍秘書長從法國度假返國後的一段時間，風雲變色！反核群眾上街要求停建核四，靜坐臥躺占領馬路被驅離，有人指控警方執法過當，出動水車噴強力水柱、徒手拖拉、警棍和盾牌毆打致傷。

群眾雖然超過集會時間，仍在現場靜坐拒絕解散，但依照集會遊行法規定，分局有權警告。但是群眾根本不理會，最後警方決定，採強制力驅離，導致反核群眾心生不滿。

一片兵荒馬亂之際，擁核及反核人士對壘叫陣，人群中一位身材中等穿著黑夾克、牛仔褲，且戴上鴨舌帽的三十多歲青年人，鎖定一位男性目標，從口袋取出槍枝，狠狠的朝五十多歲的中年人開了一槍，這位男士不幸立即中槍倒地，血流如注，送醫的途中不幸喪命。

蒙面殺手在友人開車接應下，瞬間逃之夭夭，在人群中即刻消失，旁邊圍觀的陌生人嚇壞了，擔心自己的安危，竟沒人敢出面協助處理這棘手場面，最後交由警方全力查緝。

這位被殺手擊中的中年男性，經警方查證後發現，是一位經常在媒體發表支持興建核廠言論的擁核專家名叫蘇定，在政府機關服務，這次因參加擁核活動而喪命，讓人悲痛不已！

舉行蘇定告別式前一天，他的妻子曉鈴決定，前往基隆住家附近一家寺院，向妙音法師請益，解答心中的疑惑，並舉辦「三時繫念」法會，除可累積往生者的福德資糧外，這個佛事可以冥陽兩利。

妙音法師鼓勵家人，多念阿彌陀佛聖佛號回向給往生者，祈願早日往生到西方極樂世界。佛經上說：「愛不重，不生娑婆」。這個世間的有情眾生，是有情感有情愛的生命。愛，是生命的根源。如果知道生命是無常的，就會珍惜當下，認真過每一天，因為多數人無法預知生命的終點站是哪一天？

法師告訴悲傷的家眷，生老病死，是人生必經之路：「生是前世的造作，要去改進；老是無常的定律，要去接受；病是必然的現象，要去承擔；死是神識的流轉，要去面對。」

蘇定夫妻兩人感情深厚，而先生突然意外中槍往生，對妻子曉鈴來說是莫大打擊。蘇定生前是佛教徒，家人為他舉辦佛教的追思告別式，儀式簡單莊嚴而隆重。經媒體的披露報導，很多政要及社會上一般擁核人士蒞臨告別式會場為他送行，現場氣氛哀傷凝重。

曉鈴此刻內心難過，突然想起作家張愛玲寫過的話:「記住了並不代表是永恆，忘卻了也不等於沒發生;緣起了與你攜手望蒼穹，緣滅了桃花陪我笑春風」。

公祭的時候，司儀一一唱名來弔唁的單位，蘇定生前的至親及好友都趕來送他人生的最後一程，當哀樂想起時，深愛丈夫的曉鈴心中難掩悲痛並掉下眼淚，腦中浮現作家三毛的話：「如果有來生，要做一棵樹，站成永恆，沒有悲傷的姿勢：一半在埋土裡安詳，一半在空中飛揚；一半散落陰涼，一半沐浴陽光。非常沉默非常驕傲，從不依靠、從不尋找。」

蘇定的生前好友之一林綠柏，擔任綠寶公司的總經理，熱衷推動台灣風力發電，當他聽到噩耗相當震驚難過，親自前來告別式追悼，表達追思。

王又藍秘書長和蘇定亦是生前好友，代表綠能協會前往追思會場，對蘇定的徒然遭遇不幸，感到萬分不捨。

除警方會進行偵辦命案外，王又藍打算找私人偵探協助早日破案。腦中突然浮起日前在法國相遇的阿亮，應該是不錯人選。心裡想著世間的事情：多一分苦難，多一分堅忍，多一分折磨，就多一分毅力。

1-5 阿亮同意 接受辦案

擁核專家蘇定遇害，家人不捨，尤其他的妻子曉鈴的心靈始終無法定安下來，她決定要到佛教寺院三天，希望透過佛法的薰習，能夠讓身心安頓。

搭火車去寺院途中，曉鈴望著窗外景色，思緒紛飛，腦裡浮起《釋氏稽古略》的一句話：「我有明珠一顆，久被塵勞關鎖；今朝塵盡光生，照破山河萬朵。」希望自己佛門三天的洗禮，除精神有所寄託之外，亦能找到佛家所說的自家本來面目。

她忽然憶起，明朝憨山德清的《憨山老人夢遊集》寫過：「拋卻身心禮法王，前程不必問行藏；但能識得娘生面，草木叢林盡放光。」

進入寺院，一位比丘尼，在長廊看到曉鈴的臉色凝重，經過一番交談後，於是告訴她：「以因緣觀看一切事物，都是緣起緣滅！世間因果不可昧，善有善報，惡有惡報，不是不報，時辰未到;真理不可欺，真真假假，假假真真，真假之後，必有平衡。」

「人有悲歡離合，故有聚散情緣;世有苦空無常，故有真理示現。」法師苦口婆心告訴曉鈴。蘇定的突然過世，的確讓妻子曉鈴內心極度悲傷與痛苦！

在佛門三天期間，曉鈴以靜坐調息、抄經、和精進念佛，度過平靜的歲月。當她走出佛門淨地，身心感覺輕鬆許多，和先前的凝重心情，簡直有天壤之別！

她明白人生自古誰無死，必須放下心中的仇恨，選擇寬恕與原諒，身心才能自在。

而緝拿殺害蘇定的兇手，警方雖然也積極偵辦，過濾所有可能涉案人員，但是因為證據不足，蒐證困難，所以陷入了膠著。

王又藍是蘇定生前的好友，為早日破案，靈機一動想到應該把此案，交給私家偵探處理。經過曉鈴的同意，王又藍於是和阿亮聯絡，希望這位在法國相遇的私人偵探，能夠協助他們儘快找出殺害蘇定的兇手。

有一天，王又藍秘書長打電話給阿亮，邀約出來一起喝咖啡聊天，把所有可能的涉案人一一過濾，與案情相關事宜，全盤托出。

阿亮在和王又藍秘書長見面之前，又去了一趟法國南部。

這一次很幸運地，阿亮在當地朋友的穿針引線下，在法國一座古堡裡，找到了尋求已久的魔鏡，但是天書卻始終沒有著落。不過，有了魔鏡的出現，對於阿亮偵辦所有的案情，可以提供正面的幫助。

由於阿亮天賦異稟，加上有魔鏡的幫助，及他擁有極廣人脈，且具備敏銳的判斷力，破案應該不算太難。儘管蘇定的案情很棘手，但阿亮最後決定接下案子，他有信心終有一天可以順利破案。

1-6 SARS疫情 持續擴大

綠能協會成立那一年，正是2002年底，不只是台灣面臨SARS的衝擊，就連全世界都陷入緊張的氛圍。因此病毒的傳染蔓延迅速，造成社會人心惶惶，股市重挫，房地產價格下跌，旅遊飯店等服務業蕭條，也影響警方對蘇定命案的承辦進度。

「幸與不幸的人生，是前世所造的因；好與不好的生活，是現在承受的果。」王又藍秘書長面對大環境有SARS疫情肆虐，想起友人曾經這樣提醒過他，並對目前擁有的一切，充滿感恩與知足。

偵探阿亮自從決定接受蘇定家屬曉鈴，及王又藍秘書長的委託後，積極調查命案，追蹤案情，並逐一過濾可能殺死蘇定的涉案人選，但是受到SARS疫情衝擊，進度受阻。不過，他沒有因此而灰心，依然發揮勇往直前精神，充滿熱情辦案。

這次疫情，衝擊蘇定命案之辦案進度，而警方鎖定的可能涉嫌人及幕後可能指使者，都沒有直接或間接證據，全案陷入膠著。

SARS 是指嚴重急性呼吸道症候群，2002 年在中國廣東順德率先爆發，並擴散至全球的一次全球性傳染病疫潮，直至 2003 年 7 月 16 日，疫情才逐漸消滅，直至同年 9 月 2 日完全消除。

從 2002 年 11 月發現第一起病例，至 2003 年 9 月的疫情消失，11 個月內在全球共造成 8000 以上感染案例，其中造成 774 人死亡。

台灣的 SARS 疫情，由當年 4 月中旬台北市和平醫院發生院內集體感染 SARS 事件之後，疫情開始大規模擴散，累計有 83 名病患死亡。

SARS 期間，民眾出門紛紛戴上口罩，有人甚至為了加強過濾病毒，戴上醫療級的 N95 口罩，雖然覺得很悶，但是為了自身安全，很多人只好選擇忍耐。民眾出門必須戴上口罩的日子，其實生活上很不方便，當時口罩缺貨嚴重，搶口罩成為全民運動。

SARS 的疫情不斷擴大的期間，很多上班族，每天進入辦公室前，都要量完體溫才能進門。如果搭乘大眾運輸系統，有人輕輕咳一下，左右方圓二十公尺人群都要遠離，社會上充滿草木皆兵的氛圍。

有一天下午，太陽能協會張騫秘書長，專程前往綠能協會辦公室，要和王又藍秘書長洽談雙方合作事宜。剛進辦公室大門，又藍秘書長即發現，張秘書長有輕微咳嗽，身體略顯得疲憊。

王又藍秘書長：「既然您感冒咳嗽，建議還是回家休息吧！這個時機大家對咳嗽很敏感啊！」

張騫秘書長：「剛剛搭捷運的時候，大家的確對我退避三尺，因為聽到咳嗽聲，擔心會被感染，紛紛遠離，自己覺得有點難為情，可是我們既然有約定在先，必須前來實現承諾。」不過，最終因張騫無法集中精神討論事情，決定下一次再洽談雙方合作舉辦活動之事宜。

疫情之延續，很多人的人生陷入一片黑暗與憂傷。王又藍秘書長在張騫秘書長正走出辦公室時，帶著笑容提醒對方：「要在黑暗之處，點燃希望的火花；在憂傷之處，提供喜樂的安慰！」

SARS 疫情蔓延之期間，不只辦公室裡人心惶惶，當時各級學校裡，整間教室都要使用消毒水擦拭。校園裡如果有學生被感染，整個樓層會被隔離，令人害怕與擔心！有人甚至面臨親人因為感染病毒而過世，令人不勝唏噓！

受到 SARS 疫情衝擊，又藍秘書長及理監事等人原來規劃要迅速到立法院拜會關鍵人物，以期完成交付使命，也受到影響，儘管覺得很無奈，只有耐心等待時機。

SARS 持續時間很長，讓全國民眾的作息都大亂。而經濟蕭條，社會不安情緒瀰漫，有些業者甚至無法度過此難關，紛紛宣布歇業倒閉。SARS 過後的十餘年，瘟疫再起！ 2020 年年初起，肆虐全球的新冠病毒（COVID-19），在全球蔓延，這一場世紀災難越演越烈。

1-7 遊說民代 索賄不斷

隨著 SARS 疫情趨緩，經過一段時間醞釀，透過有力人士的穿針引線，及王又藍秘書長積極安排下，2003 年年初的某一天傍晚，協會臨時被通知，終於可以前往拜會立法院的龍頭老大。

在綠能協會洪樂天理事長率領下，幾位理監事，大家穿著整齊服裝，紛紛聚集到立法院長的辦公室，提交一份綠能的說帖，表達希望將再生能源法案，早日完成立法三讀的迫切需求。綠能發展其實在許多先進國家，早已經透過立法之保障，如火如荼地展開。綠色能源、再生能源或稱為新能源，可解決台灣替代能源不足問題，因是無污染的乾淨能源，例如太陽能、風能是取之不絕，用之不盡的大自然能源，既可造福後代子孫，又是對環境友善的法案，乃全世界的必然趨勢。

立法院王院長在不得罪別人的前提下，聆聽企業界及學者的意見後，面露微笑地表示：非常願意協助將此法案，納入優先審查法案。隨即吩咐幕僚應該積極配合辦理。在場的企業界人士，聽到院長的承諾之後，臉上露出滿意笑容，大家彷彿吃了一顆定心丸，對法案未來能夠闖關，燃起了希望。

洪樂天理事長則代表綠能協會，向王院長表示誠摯感謝意。畢竟這個法案在立法院已經躺了六年了，始終沒有動靜，如今露出一道曙光。

拜會立院龍頭有所斬獲之外，而每個不同黨派的立委，包括國民黨、民進黨、親民黨、無黨籍等，都是秘書長需要尋求支持的溝通對象。

一天下午，又藍秘書長接到通知，要到青島東路的一個狹小辦公室，洽談將能源法案納入議程的秘密會議。

當天媒體人依芙正要出門採訪立法院新聞，突然接到大學同學王又藍秘書長的電話，希望給她『獨家』新聞，要她前往青島東路的一間辦公室，採訪新聞。

王又藍秘書長個性率真，講話很直接，其實容易得罪別人，他一上任就被協會理事長賦予重要任務，要努力催生《再生能源發展條例》這個法案，早日通過完成立法。因此他必須經常奔波立法院和立委們打交道，對過去是身經百戰歷練的媒體人來說，應該不算是太困難任務。

秘書長進入青島東路辦公室，馬上介紹依芙給大家認識，現場立委助理看到有媒體要進來採訪，表明不歡迎記者參加這個閉門會議，依芙只好敗興而返，先行離開會場。

為了節省時間，某政黨選擇開門見山談論議題。其中，比較資深助理俊麟，他是立法委員的辦公室主任，代表其他人發言：「這個能源法案是母法，如果要排入經濟委員會的議程，最起碼要先付六百萬元」，其他五位立委助理包括建宇、凡楓、丹蓮、巧南、曉疊都紛紛附和。

助理建宇則嚴肅地陳述：「這個價格不算很高，市場上一般的行政命令，若要排入議程，都需要兩百萬元，何況再生能源是一個母法！」助理凡楓則進一步補充：「這一筆資金要透過政黨成立的某某基金會匯款，非進入個人的帳戶。」

王又藍秘書長聽到立委助理索取政治獻金的訊息，不以為然，表情非常嚴肅地回應：「有關捐獻政治獻金問題，要回去向企業表達後才能決定。」他的內心想著；難道收取六百萬元，是現場的每一位助理，都各索取一百萬元當酬金？他以沉重步伐，走出會議室，心裡自忖：如何向理監事稟告此樁民代索取政治獻金事件？

王又藍首先以電話向理事長報告此事，理事長裁示，必須等到理監事會議舉行再充分討論。洪樂天理事長是一位學者，從美國頂尖大學延聘回國任教，兼任協會理事長，聽到民意代表要拿錢才辦事，心中極為不悅！

開車回家的路上，王又藍秘書長不斷地思考：立委諸公真是貪得無厭，開價六百萬，才願意把再生能源法案列入議程，還不保證法案過關呢！若每位助理可拿百萬進帳，一旦創下此惡例，往後要拜託其他政黨立委幫忙，豈非要花更多金錢，心中感到不平。

因為對某政黨立委要求索取政治獻金，感到非常失望，一天下班後，又藍秘書長晚上邀約其他黨派立委助理思天一起用餐，希望再生能源法案能獲得不同政黨的支持。

用餐到一半，助理思天瞭解到秘書長的來意後，暗示若協助法案過關，建議往後能有一些工程承包的利益。

王又藍秘書長：「目前無法做任何承諾，不過會轉達您的意見給理事長及理監事！」這頓飯吃的不爽快，因為民意代表對推動法案過關，都是抱著必須分到一杯羹，才肯提供相關協助。走出餐廳大門，他仰望夜空，星月交輝，覺得宇宙浩瀚，而自己卻很渺小！想起那些貪婪之人的面目，竟是如此讓人作嘔！

回到家裡，王又藍的妻子夏萍，聽到先生訴說立委的貪婪，規勸丈夫：『退一步海闊天空，忍幾句無憂自在。』她苦口婆心叮嚀：『民代索賄好像經常有聽說，千萬不要把這件事情放在心上，自尋煩惱！』

1-8 政治獻金 多數反對

《志公和尚萬空歌》是這樣寫的：『南來北往走西東，看得浮生總是空。天也空，地也空，人生茫茫在其中。日也空，月也空，來來往往有何功？......朝走西來暮走東，人生恰似採花蜂，採得百花成蜜後，到頭辛苦一場空。』王又藍秘書長近來的生活寫照就是如此！

奔波立法院之間很辛苦，一時之間卻無展獲，王又藍秘書長的心境隨外在環境而起伏！不論是藍、綠立委，多數都希望能提供利益回饋，才願意幫忙綠能協會將能源法案列入優先討論，讓他陷入苦惱。即使他繼續展開對無黨籍立委的拜會，一樣都是碰釘子，他們對再生能源法案的支持意願亦不高。

至於橘營的拜會，更是遇到耍大牌局面。因周姓立委辦公室主任賈士盛面對秘書長的拜訪，當下謊稱周委員不在辦公室，結果雙方沒有默契，不料剛好周委員有要事情需處理，正巧從辦公室走出來，弄得賈主任非常尷尬，只好請秘書長進入委員辦公室洽談。

巧的是，王又藍秘書長和周委員彼此是大學同窗，所以在辦公室相談甚歡。周委員表示：日後若有舉辦綠能座談活動，他非常願意出席相挺，總算化解當時的尷尬。

綠能協會召開理監事會議的日子終於來臨，王又藍秘書長對日前一連串的拜會立委過程，提出專案報告，尤其對某政黨立委索取政治獻金六百萬元及其他黨派要求回饋詳細加以說明。

會議中，外商公司風能總經理丁紫梅率先發言：「為了儘速讓再生能源法案過關，提供資金給立委，她個人表示同意。」

會議裡七嘴八舌，熱烈討論這個重要議題，而王士杰是迪應太陽光電公司總經理發言，表達不同聲音。他發言：「企業界根本沒有必要花冤枉錢去討好、賄賂民代，因為他們總是貪得無厭，如果這次讓他們得逞，日後必然是個無底洞！」

經過一番舌戰，多數的綠能企業界代表，對立委的索取政治獻金嗤之以鼻，且認為不需要提供資金上的挹注，以換取再生能源法案，只是作為排入立法院經濟委員會議程而已。會中最後決議，綠能協會不當白手套，以滿足民意代表的獅子大開口，會議主席洪樂天理事長也鬆了一口氣！

為顧全大局的洪樂天，語重心長告訴理監事：氣憤要忍得下，才能共謀大事。而一念為己者，其實成就很有限。這次我們經一分挫折，得一分見識。往後希望大家用意志及忍耐克服挑戰，假以時日一定可以排除萬難。

理監事會議結束一周，王又藍秘書長安排某政黨索取政治獻金的六位立委助理，前往台大網球場，參加網球聯誼賽，希望透過打網球，以輕鬆方式，告知協會的最後決定，避免刺激他們惱羞成怒，期望化解尷尬場面。

綠能協會多數的理監事代表，不願意捐款給民代，故再生能源的立法之路，未來將面臨既艱辛又崎嶇的道路。但理監事們已達成共識，在不向立委妥協低頭的情況下，願意繼續耐心扮演催生法案的重要角色。

王又藍秘書長回到家中，面露憂傷神情，妻子夏萍馬上安慰他：『生活上要學會轉境界、轉念頭。勇於接受挑戰，懂得轉念，生活才會自在快樂啊！』

1-9 阿亮尋寶 巧遇佳人

能行忍耐是一門生活上重要的功夫。《佛遺教經》說：「能行忍者，乃可名為有力大人。若其不能歡喜忍受毀謗、譏諷、惡罵之毒，如飲甘露者，不名入道智慧人也。制心一處，無事不辦。......」阿亮偵探為了尋覓神秘天書，身邊人都不以為然，給予冷嘲熱諷。

雖然 SARS 疫情期間，影響警方偵辦蘇定槍殺命案的進度，但是私家偵探阿亮仍然積極尋找可能線索，因為受人之託必需忠人之事。而積極尋找神秘天書的下落，也是他此生很重要的職責！

一年夏天，阿亮為了尋找神秘天書，來到了法國著名的一座城堡～香波堡，在當地友人名叫費雪男士及他在法國大學藝術系中國留學生雪嬌，一起陪同下，前往尋找這個寶物。

羅亞爾河是法國最長的河川，而羅亞爾河舉世聞名的是河岸兩邊密集分布的城堡群，這些主要建於文藝復興時期的美麗城堡，像童話一般浪漫。而香波堡被外界譽為羅亞爾河城堡之王。

香波堡興建於 1519 年，是羅亞爾河城堡中最大的一座，雄偉氣派、建築上有 365 個高聳的尖塔，讓整座城堡更添雄偉，周圍有廣達千頃的平原和森林，更能襯托出香波堡的不凡和吸引人之處。

友人費雪很好奇問阿亮：『為什麼必需要找到所謂的神秘天書？』

阿亮：『因一天夜晚，曾經夢到有人告訴他，神秘天書在某個地方，但是沒有告知是哪一個國家或確切地點，但希望他務必要找到它。神秘天書可以幫助一個人具備超能力，可以幫助更多需要幫助的弱者，這是一項神聖使命！』

了解內情之後，費雪基於深厚交情，覺得有義務協助阿亮完成任務！不過，他心裡想著：『神秘天書真的會出現在法國古堡？還是可能在其他國家被收藏？』

陪同前往的雪嬌，在法國大學剛畢業，念藝術的她，鍾情於畫畫，曾許下承諾，此生要和畫畫結下美麗的盟約，當一名藝術的創作者。她擁有飄逸長髮，清秀脫俗，皮膚白皙，身材玲瓏有緻，是中國人眼中標準的美人兒。她第一次見到阿亮，就直盯著阿亮的臉蛋看，內心十分喜歡帥氣幽默的他，算是一見鍾情吧！不過，阿亮因為專注於尋找神秘天書寶物，沒有心思特別留意雪嬌的一舉一動，只當雪嬌是費雪的朋友而已。

三個人在香波堡停留許久一段時間，仔細探索，可是仍然沒有頭緒，不禁懷疑神秘天書真的是隱藏在這座城堡裡面？城堡附近的環境非常清幽及優雅，三人乾脆找片綠地坐下來聊天，話題始終繞著那個神祕天書的所有可能性，大家越講越興奮！

當大家聊得很起勁兒，雪嬌突然腦海裡想起小時候，父親曾經告訴過她有關天書的傳說。此刻，阿亮終於注意到身旁的雪嬌，是位美麗動人的女孩，於是睜大眼睛好奇詢問：『神秘天書隱藏在中國的某處，有可能嗎？』

雪嬌：『記憶中父親曾轉述，好像在中國江南的某知名佛教寺廟，其藏經閣內，有收藏保管著一部神秘天書！』

阿亮：『你有印象是哪一座中國的佛教寺廟？有機會的話，考慮去拜訪參觀？』

雪嬌的神情專注，努力試著回憶過往，父親曾對傳說中有關天書的描述，但是細節實在記不清楚了。阿亮很期待，有一天能夠從雪嬌的父親，得知有關傳說中神秘天書的所有細節。

雖然這次法國行，阿亮沒有找到神秘天書，但是能夠透過費雪友人，認識雪嬌這位年輕可愛的中國女孩，對往後尋找神秘天書的線索，大有幫助，對早日尋獲天書的下落，燃起一絲希望與期待。經過法國幾天的相處，阿亮和雪嬌彼此逐漸產生好感！到了阿亮需要返台的子，機場分離的時候，他們互相擁抱，依依不捨！

阿亮想起《禪門諸祖師偈頌》：「朝看花開滿樹紅，

暮看花落樹還空；若將花比人間事，花與人間事一同。」

1-10 偵辦命案　意外或謀殺

《大寶積經》：『假使經百劫，所作業不亡；因緣會遇時，果報還自受。』偵探阿亮深信：『欲知前世因，今生受者是；欲知來世果，今生作者是。』從法國返台後，對蘇定槍殺命案的偵辦，阿亮更趨積極。他想了解到底命案是一場意外中槍死亡，或刻意謀殺？他認為：在名利上固然要淡泊，但在責任上要認真，所以既然被託付命案之偵查，理當深入及投入，不負所託。

一天傍晚，阿亮邀約王又藍秘書長及蘇定的妻子曉玲，一起到淡水欣賞夕陽美景，希望從彼此閒話家常中，找到有關命案的蛛絲馬跡。

三人來到淡水看夕陽，非常悠哉的走在漁人碼頭的白色情人橋上，曉鈴突然想起了先生蘇定，不禁悲從中來！因每年的情人節，他們夫婦都會相約來到淡水的情人橋上漫步，觸景生情，往事歷歷如煙，曉玲難掩悲傷情緒。

喜歡詩詞的曉鈴，散步中憶起明朝唐寅的【警世詩】：「......歲久人無千日好，春深花有幾時紅；是非入耳君須忍，半作痴呆半作聾。但凡行事要知機，斟酌高低莫亂為！......西下夕陽難把手，東流逝水絕回頭；世人不解蒼天意，空使身心夜半愁。」

走累了，他們在附近一間咖啡廳，坐下來欣賞淡水夕陽餘暉交映的美景，而平靜的淡海，讓曉玲的心也慢慢地安定下來。

陷入沉思的曉鈴，此刻又憶起《豐子愷文集》有提到幾句話：「......不亂於心，不困於情。不畏將來，不念過往。如此，安好。......看淡世事滄桑，內心安然無恙。你若愛，生活哪裡都可愛；你若恨，生活哪裡都可恨。你若感恩，處處可感恩；你若成長，事事可成長。不是世界選擇了你，是你選擇了這個世界。既然無處可躲，不如傻樂；既然無處可逃，不如喜悅。......」

人的生活在於一個『轉』字，曉鈴理解必須透過不斷地轉念頭，調整自己的悲傷情緒，不然蘇定的突然過世，將會帶給她生命巨大的痛苦。

淡水美景固然讓人放鬆、陶醉不已，但辦案這件事情，不能遺忘。阿亮喝過一口咖啡，即追問曉鈴：『蘇定過去的同學、同事或朋友圈中，交往的情況如何？有得罪甚麼人嗎？』

曉玲：『他有一個非常要好的大學同學叫童賢，經常邀約一起聊天餐敘，興趣相同，算是無話不談的知己吧。此外，同事相處融洽，也很少聽說，有意見相左的朋友，先生的交往圈，非常的單純。蘇定是性情中人，應該沒有與別人結下什麼深仇大恨才是。』

阿亮問：『當天事件發生時，現場一片混亂，到底兇手是刻意謀殺？還是一場意外，我很好奇？』

王又藍秘書長在旁邊聽了，建議阿亮：『最好能從蘇定的手機當中，找出聯絡電話，看看蘇定那段時間跟哪些人有密切的往來，也許可以找到一些蛛絲馬跡？』

在喝咖啡聊天的時候，曉鈴協助逐一過濾蘇定的人際關係，希望能夠助阿亮早日找出殺死蘇定的兇手。

在離開淡水之前，阿亮稍微整理出一些頭緒，並把這些寶貴資料歸納後，釐清蘇定的人際關係，希望有一天借助魔鏡的幫忙，能夠順利找出幾位涉嫌人。

阿亮在法國好不容易找到的珍貴魔鏡，必須尋找相關專家協助，如何正確使用，方便早日順利破案。

1-11 警方辦案 鎖定人物

文天祥：『人生自古誰無死？留取丹心照汗青。』年輕的核能專家蘇定，因為參與一場活動，卻意外丟了性命，令人惋惜！

台北市某警察分局內，每位警員正在忙碌處理著各自的任務，其中蘇定的命案主要負責者暱稱定哥，仍在埋頭苦幹鎖定叫做阿祥的涉嫌人，但是因為證據不是很充分，所以只要有其他人檢舉相關內線，仍然列入涉嫌名單中，再去一一抽絲剝繭。

而另位涉嫌人是鎖定社會運動的累犯，此人叫做阿松，喜歡出風頭，當天也在擁核活動現場中，全身穿上緊身衣的超人裝扮，引起別人的注意，當命案發生，有人看到他倉皇逃逸，顯然有其他人接應，不過至今警方都沒有找到讓蘇定致死的凶器。

其中有名涉案人阿正，是著名藝人云云的第二代，因當時瘋狂加入這場擁核反核聚眾活動而擦槍走火，也被列入重要涉嫌人。因此，云云相當著急，在朋友引薦下，聘請著名的金強律師，積極為兒子辯護 。

有一日，金律師親自到藝人的住家別墅，和委託人阿正長談，想了解關於蘇定命案發生當天，所有活動的細節。

阿正回應：『當天的反核活動，我只有參加半天就離開，並沒有全程參與，下午就先行離開了。』

金律師：『命案發生在當天下午三點左右，當時你在哪裡？』同時必須找到人證，證明命案發生當時，你的不在場證明？

阿正突然想起，那天下午，他去找一群朋友去KTV唱歌。不過去KTV唱歌的五個朋友中，沒有人願意為這件事做不在場證明，讓阿正陷入苦惱。

律師想到，也許可以調閱當時的KTV包廂閉路電視，看看是否能夠證明當時他在某包廂唱歌？

於是金律師帶著助理，決定前往KTV現場，看看是否能夠找到證據？很可惜阿正唱歌的那一間KTV的閉路電視，剛好壞了，因此監視器無法提供證據。

後來阿正想到，當天去KTV唱歌，離開前是他刷卡買單的，於是律師建議他，一定要把當天的消費發票找出來，可以證明案發當時，他有去KTV唱歌消費。

因此，當阿正回到家中，立即打開書房及臥室的抽屜努力尋找發票，但情急之下，無法找出當天去KTV消費的發票。

金律師希望阿正再仔細想想，發票確定放在哪裡？

金律師建議，把那五位唱歌朋友找來吃飯聊聊，看看是否有人願意作證，證明當天他們確實在 KTV 一起唱歌。

這五位朋友中，經過阿正苦苦哀求，終於有一位死黨，錯號叫做小鍾，願意當證人，證明他們命案當天下午，確實有在一起唱歌。

如此一來，終於找到阿正的不在場證明，有機會洗刷他是蘇定命案涉嫌人的疑慮，律師心中的石頭放下了。

至於 KTV 消費的發票，律師建議，委託人還是要想辦法找出來，以期人證、物證都具足。到了開庭的前一天，阿正終於找到當天消費的發票，加上小鍾同意出席作證，既然不在場的人證、物證都具足了，讓律師鬆了一口氣，沒有辜負所託。

藝人云云聽到兒子阿正可以解除殺人嫌疑，面露笑容，馬上前往寺廟禮佛並做布施，誠摯感謝佛祖的庇佑！

1-12 尋覓天書 往靈隱寺

蘇軾有一首詩：人生到處知何似？應似飛鴻踏雪泥；泥上偶然留指爪，鴻飛那復計東西？阿亮與雪嬌就像相逢的旅人，偶然在法國途中相遇，短暫交會，又各奔前程。但是隨著彼此書信的溝通與密切互動，兩人逐漸產生好感。

為了完成尋找神秘天書的使命，阿亮日夜思索如何早日尋獲這個瑰寶？只要有任何線索，他都願意不畏艱辛前往，即使跋山涉水，也務必要完成心願。

因為在阿亮眼裡，天書比生命還要重要。

自從法國香波堡無功而返後，經過雪嬌父親的打聽，阿亮明白神秘天書可能隱藏在大陸浙江西湖的古剎靈隱寺，因此決定和雪嬌，一同前往冒險，探個究竟。

阿亮有虔誠的宗教信仰，且承襲母親的靈異體質，有異於常人的能力。不過中國長大，在法國留學念書的雪嬌則是無神論者。為了陪伴在男友身旁，一起尋寶這件事情，朝夕相處可以讓愛情升溫，她卻樂此不疲！雪嬌對男友的思念與日俱增，經常滿腦子都是阿亮的身影，日日期盼相見，而相遇的日子終於來到！

夏天某日，他們相約在靈隱寺的入口處會合，相見剎那互相擁抱。在靈隱寺的入口對面有一片牆寫著「咫尺西天」四個大字，含意是這裡是距離仙境很近的地方，靈隱寺因為名聞遐邇，遊客很多。它的山門背面掛著「靈隱飛來峰」的金字匾額，由山門前往大雄寶殿之間的通道左側清溪流水，沿岸之山壁上雕刻著很多的佛像，通道兩側古木參天，大雄寶殿巍峨的矗立。

靈隱寺位於杭州西湖靈隱山麓，西湖西部的飛來峰旁，離西湖不遠，靈隱寺又名「雲林禪寺」，已有一千六百多年歷史。相傳東晉成帝咸和年間，印度僧人慧理來到杭州，看到這

大陸靈隱寺入門

裡的山峰奇秀，以為是「仙靈所隱」之處，就在這裡建寺取名「靈隱」，後來因濟公在此出家，由於他的故事家喻戶曉，因此靈隱寺也遠近馳名，成為江南最著名古剎之一。

阿亮和雪嬌在靈隱寺到處閒逛著，相互討論猜測：究竟神秘天書可能在哪個地方被收藏？阿亮提議：我們還是先整個靈隱寺周遭大環境都走大略巡禮一遍，再決定在那個定點仔細觀察。雪嬌沒有定見，只能點頭同意！

閒逛中，他們來到大雄寶殿對面的天王殿，內供奉彌勒佛、韋馱菩薩及象徵風調雨順的四大天王。靈隱寺的如來佛像於五代吳越王時完成，因此繼承唐代的古典風格，臉部、頸部較豐腴。

大陸靈隱寺古佛

阿亮突然靈機一動提出疑問：佛像中可能藏有神秘天書嗎？或是藏經閣內比較有可能？

在巴黎學習藝術的雪嬌，看到佛像的莊嚴，內心生起敬畏之心：這些佛像外觀上看似完整呈現，不太可能其中藏有天書吧？肉眼實在看不出來！

由大雄寶殿後面依著階梯而上經過藏經樓之後的佛像皆高大無比，皆是歷史悠久的佛像。他們打聽之後，發現寺院的藏經樓，一般來說，沒有對外開放，除非是重要的人物造訪或貴賓，才有可能入內一窺殿堂，他們感到非常失望！

他們好希望當下有貴人指引，或許可以到藏經樓尋寶？可是天色已晚，逛了一整天，依然沒有頭緒。

在靈隱寺出口的「青林洞」有一塊凹進去的石床相傳是昔年濟公睡覺的地方，所以「青林洞」是遊客都會前往參觀的地方。阿亮與雪嬌也好奇前往看個究竟，依然沒有任何神秘天書的下落。

雖然靈隱寺之行，尋找天書之事，考驗重重，但阿亮沒有氣餒，反而堅定告訴自己，有朝一日，在菩薩的指引下，深信一定會找到珍貴的天書。

第二部 突破瓶頸

2-1 善巧溝通 立案許可

「期待未來最好的辦法，就是去創造它」。王又藍秘書長獲得綠能協會理監事通過任命案後，即展開一連串的任務。除了需要催生《再生能源發展條例》法案之外，當務之急是協會籌組，必須要獲得內政部立案許可。

經過打聽，王又藍秘書長發現原來此組職，因為先前的承辦人員是一位民意代表的助理，仰仗立委的威風，給內政部下馬威，造成政府承辦人員的憤怒，因此申請的進度陷入僵局。直到王又藍接任後追蹤進度，才發現申請組織立案的進度嚴重受阻。他決定和內政部的承辦人員展開對話，可是內政部承辦的許小姐卻完全不領情。

一天下午，天氣酷熱，王又藍秘書長電話通知許姓承辦人員，要前往內政部拜訪，希望雙方能加以溝通。他以非常客氣口吻，詢問許小姐：「請問下午過去拜訪您可以嗎？」

電話中傳來許小姐冷冷回應：「今天天氣很熱 你還是不要過來這裡。」對方非常不友善的回應，王又藍秘書長決定立即到內政部探個究竟！當他踏進內政部大樓，搭上電梯，好不容易打聽到承辦的許小姐之座位後，直接前往打招呼。

許小姐從座位上，看到有人找她，一臉驚慌，露出不悅神情。知道是王又藍秘書長親自出馬，更是無奈。許小姐告訴對方：「公務人員最不喜歡人家用特權施壓，沒有想到貴會的前位執行者，以立委助理身分作威作福，沒有依照政府的申請流程繳交文件，因此立案進度緩慢。」

她甚至不滿的指出：「貴會的理事長是大學校長，怎麼會教出這樣的學生？」當時王秘書長一頭霧水。

綠能協會洪樂天理事長是大學校長兼民間團體的領導人，其實並不是立委助理的老師，但許小姐的一場誤會，秘書長亦懶得澄清，以免激怒對方。

王又藍秘書長對許小姐的辱罵，始終一臉的平靜，沒有以牙還牙，讓許小姐感到訝異！他選擇忍辱沒有辯解，使得許小姐放下之前的不悅，終於願意和秘書長展開對話。

當下許小姐和她的主管，主動邀集王又藍秘書長到小房間會議室密談，協商如何讓協會立案，找出可以順利進行的方法。最後達成協議，由協會補充相關文件，及按照政府規定完成立案應走流程，秘書長也同意配合辦理。

天氣酷熱，走在太陽底下汗流浹背，但是王又藍秘書長的內心卻充滿感恩！畢竟親自拜訪機關，讓協會立案問題順利解決，讓他燃起希望。

「世風日下正是吾人向上之階，世路風霜正是吾人練心之境，世情冷暖正是吾人忍性之德，世事顛倒正是吾人修行之資。」王又藍秘書長心中盤繞著這幾句話！

自從拜訪內政部過後，某天夜裡，王又藍秘書長夢到立案證書可在一周後寄達，果然夢境成真。七天之後，看到大樓信箱，有掛號信，打開公文一看，內附通知協會立案許可，讓王又藍秘書長放下心中石頭，協會籌組立案問題終於塵埃落定。

好不容易獲得立案許可，當王又藍秘書長拿到證書時卻發現，證書立案文號和公文打字有誤，因此秘書長親自前往更正，承辦人員許小姐當時因忙中有錯，沒有好好校對造成錯誤，她反而覺得很不好意思。

2002 年協會成立後，開始擴大成員，包括太陽能、風能、生質能、燃料電池、地熱等綠色能源的百餘位企業代表及學者專家，都是組織網羅的對象。

綠能的發展在 2000 年時，歐美日本等先進國家，已經如火如荼進行，因各國有立法保障綠能業者，因此業者願意配合政策施行，成效不錯。畢竟以潔淨的綠能替代傳統的燃煤發電等，還大地一片淨土，讓後代子孫享受乾淨的空氣，對全球的環境是相當友善的。

2-2 購買房產 善有善報

綠能協會成立初期，財源並不寬裕，沒有自己專屬的辦公室。幾年後，在綠能協會擔任義工的杜柏副秘書長，他是虔誠天主教徒，心存善念，嘗試替協會找個辦公室，讓大家可以安定下來，好好推動再生能源立法的工作。他的不求回報，讓協會理監事們心存感激！《板橋全集》裡（難得糊塗）：『聰明難，糊塗難，由聰明而轉入糊塗更難，放一著，退一步，當下心安，非圖後來福報也。』杜柏是私立大學綠能領域副教授，個性憨厚，不擅言詞，卻默默付出。

購買房地產之前，杜柏副秘書長徵詢王又藍秘書長意見：「我想購買一個辦公室給協會使用，要座落何處？需要甚麼條件配合？」

王又藍秘書長：「辦公室只要交通方便，且光線充足即可。若是邊間房子，一般來說採光比較好。」

杜柏尋覓多處後，很快地找到靠近台北車站附近，位於中山北路上的一棟舊大樓，坪數雖不大，但符合秘書長所提及條件，於是他沒有討價還價，立即簽約完成過戶，終於讓協會有自己專屬辦公室。他的一片善良心意，最後亦獲得回報！因為多年以後，協會改組遷移到其他單位，杜柏在賣掉協會辦公室後，有一筆不錯的利潤。

然而綠能協會的編制內，可以有兩位副祕書長的名額，除了杜柏之外，立委辦公室主任賴安，一直覬覦此位，不斷向協會洪樂天理事長毛遂自薦，希望擔任副祕書長，而且要求要支付薪水，非承擔義工職，讓理事長很為難。至於為何賴安主任處心積慮想要兼任協會副祕書長，他要卡位的動機不得而知。

為了勿得罪立委，協會的理監事會議上，只好勉強通過此項人事任命案，賴安主任果然如願以償。經打聽內幕消息得知，原來賴安主任想要藉著擔任協會副秘書長職務，方便遊說協會綠能之企業代表，希望他們能慷慨贊助款項給立委，作為推動再生能源立法的交換條件。當時股市蓬勃發展，部分綠能企業上市公司股票價格被炒作，有的曾達千元以上，甚至坐上股王寶座，讓許多人稱羨！

〈戒貪勸世文〉：「越奸越巧越貧窮，奸巧原來天不容；富貴若從奸巧得，世間呆漢吸西風。錢財有命古來聞，理欲關頭一念分；識破此中原有數，自然一笑等浮雲。」可惜賴安主任的如意算盤打錯了，因為不到一年光景，他的老闆即立法委員任期屆滿，被調離到某行政部門，賴安只好放棄協會副祕書長的兼職，跟著老闆異動，承擔行政部門秘書工作。

2-3 股票炒作　登上股王

當年雖然綠能產業在台灣的政治市場沒有受到重視，但是在股票市場卻曾曇花一現，有令人驚豔的風光！股票市場是一些作手的炒作天堂，當時有一家太陽能上市公司～茂能公司的股價被吵翻天，每股曾飆漲到千元以上的天價，榮登股王的寶座，因此讓綠能發展亦受到社會普遍的關注。

茂能公司是綠能協會的理事之一，該公司田大雄董事長非常熱心公益，外表溫文儒雅，個性耿直，對協會活動很支持，不但贊助資金幫助協會推廣綠能事務，尤其對推動再生能源法案也親身積極參與。

即使茂能公司股價當上股王，財富雄厚的田大雄董事長，對立委要求以資金交換當籌碼，換取未來再生能源法案順利過關，不表認同，因此對民代的作為相當厭惡，更不會刻意討好民代！

田大雄董事長曾語重心長告訴員工:「蓋世的功名，無非大夢一場；驚人的富貴，難逃無常二字。」

由於股市作手及法人的大肆介入，茂能公司股王的千元股價起伏甚大，不久之後，隨著抬轎者紛紛下轎，造成賣壓沉重，股價腰斬跌到五百元以下。後來隨著股市泡沫化，茂能公司股價跌到百元以下，和股票的基本面有關。股票市場不可能天天上漲，即使後來有大戶拉抬，茂能公司亦終究回天乏術，最可憐者莫過於不知天高地厚的散戶，因股價嚴重下滑而被套牢。

田大雄對於公司股價如坐雲霄飛車，無動無心。因為他很清楚太陽能公司的市場發展及公司的獲利情況，但是市場作手的聯合拉抬或選擇棄守，他都懶得介入，他認為公司老實穩健經營比較重要，因此沒有理會股市的風雲色變。

《佛說吉祥經》：「八風不動心，無憂無汙染，寧靜無煩惱，是為最吉祥。」難能可貴的是田大雄以平常心面對財富的劇烈變化。

除了太陽能因為上市公司的股價登上股王，而受到關注，其他的綠能產業發展命運不同。因為再生能源法案，在立院審查始終不被重視，有一家外商風能的黃姓高階主管，喜歡到立法院走動，或者送禮物拉攏民代，有的甚至願意出錢找律師，為不同政黨撰寫不同的再生能源法版本，以有別於行政院的版本。雖然如此，不同政黨民代卻樂此不疲，因為不用自己研擬法案版本，就可以有所謂績效！

有一家燃料電池公司的王老闆，則是經常急急忙忙穿梭民代辦公室，送些禮物給民代，希望在再生能源立法內容上，能夠爭取到相關的優惠內容。很長的一段歲月裡，立法院的經濟委員會之委員，成為部分綠能業者爭相遊說之對象。

2-4 全民瘋狂 創造神話

台灣股市歷經從萬點高峰下滑後，面臨大崩盤，原來人人參與的金錢遊戲，變成了無人倖免的噩夢。見證過股市這段風光歷史的媒體人王又藍，回想過去心中五味雜陳。

1986 年到 1990 年，臺灣經歷了前所未有的股市牛市。台股從 1986 年的 1000 點，飆升到 1990 年 2 月的 12495 點，創造了股市致富神話。但是 1990 年爆發波斯灣戰爭，戳破了台股這顆超級大泡沫。隨著伊拉克入侵科威特、美元大漲等衝擊，從 1990 年 2 月到 10 月間，台股從 12,000 多點一路狂瀉到 2,500 多點，八個月內台股泡沫化。

王又藍秘書長過去曾經在一家晚報，擔任財經暨證券小組組長，當股市長紅，人人把他視為過路財神爺。身邊朋友誤以為，他經常有內幕小道消息，應該賺進大把鈔票，其實並非如此，他心中有苦難言。

有一天，阿亮心情鬱悶，邀約王又藍秘書長在淡水靠近海邊咖啡廳，喝下午茶。他們的座位區在戶外，當海風徐徐吹來，阿亮視線盯著大海，心情逐漸轉為開朗，且慢慢品嘗香醇咖啡，突然覺得自己好幸福，度過一個浪漫悠閒時光。

本來彼此談論法國之行的趣事，突然話鋒一轉，王又藍則提起過往台灣股票市場的起起落落，藉機吐露埋藏心裡多年的無奈與辛酸。

阿亮：「當股市萬點高峰，大家需要從你那裡，打聽股市小道消息，當時你在報社既威風又神氣，肯定賺進大把鈔票吧！」

王又藍苦笑：「雖然當時很多人以為，我可能有大戶內幕消息而口袋賺得飽飽！現實並非如此。」因晚報下午一點鐘截稿，時間很緊迫，既要向記者催稿又要核稿，每天中午幾乎要『拜傳真機』務必早日傳稿回來，其實壓力很大。加上我的辦公室空間很大，經常忙到連跑過去廁所如廁的時間都沒有，差點得膀胱炎，哪裡會有時間玩股票。

阿亮說：「好可惜，竟然錯過人生中賺錢的大好時機。我以為股市萬點高峰期，那些風光日子很值得回憶呢！」不過，確實有些媒體記者，把握機會，賺進大把鈔票，見好就收，甚至最後到國外置產。其實要成為股市的常勝軍，談何容易！

王又藍回想：「記憶最深的是，曾經在報社收到明信片威脅要『殺殺殺』的恐嚇信！」

報社老闆當下關心王又藍的安危，曾開玩笑地說：「最好你以後要戴鋼盔來上班，以策安全。」

1985 年，臺灣股票開戶僅 40 萬人戶，上市公司 127 家，到了 1990 年，上市公司數目才 199 家，開戶投資人卻高達 503 萬戶，占臺灣 15 歲以上人口的 1/3，買股票成為全民運動。

王又藍：「全民瘋狂買股時代，多數股票呈現飆漲局面，很離譜的是，即使是誤寫錯股票上市公司名稱，照樣可以賺錢。例如一些婆婆媽媽想要買『三商銀』，和營業員講錯為『三商行』下單，照樣可賺進鈔票。」

最讓王又藍苦惱的是，股市丙種墊款或股市大亨、上市公司企業界老闆，當時為了拉攏報社高階主管，經常在五星級級飯店，宴請媒體記者及主管餐敘，此種飯局如果不出席，容易得罪人，亦會讓企業公關下不了台，使得不喜歡應酬的王又藍，在無法拒絕下，只好硬著頭皮去參加飯局。

阿亮問：「聽說一些市場大戶，有的會給記者乾股好處，是否真有其事？」

王又藍回應：「確有其事。我就曾經遇到炒作金融股大戶，要給我某一支股票乾股，但是當下我並沒有同意接受饋贈。」那個年代敢向金錢說 NO 的人很少呀！

「當時我只想扮演好自己角色，不想被別人牽著鼻子走。萬一無故收取大戶酬庸，肯定要聽從他們的指示，需要撰寫不實消息來欺騙讀者。試想這樣的情況，我晚上可以安穩睡覺嗎？」

阿亮舉起拇指讚賞：「佩服您的勇氣與骨氣！」淡泊名利的王又藍提起這段往事，為自己當時能拒絕金錢的誘惑而感到自豪。

臺灣股市從1960年代開始，之後起起落落，因十信事件爆發，引起金融危機，1985年 台股最低時才636點。1985年，政府為振興股市，停徵證券交易所得稅。1987年，新臺幣升值，熱錢不斷流入臺灣，股市也跟著一路攀升。同年10月，台股最高達4,600多點，11月進出口金額更創下歷年單月的最高紀錄，當時房地產與股市狂飆，市場戲稱「臺灣錢淹腳目」。

2-5 飛來橫禍 如何解厄

立法院場內，二月初正值新會期的開議，因有新科立委加入，增添一番新氣象。開議報到，會有部份立委想出奇制勝，希望搶頭香報到，以博得好彩頭，會被媒體大肆報導，增加曝光機會，但也有不少的立委如同老僧入定，以平常心應對。

中山南路及立法院群賢樓的場外，則有一群示威抗議的份子，他們沒有申請集會遊行，手持標語吶喊要「非核家園」、「反核」等標語，有位抗議人士拿著麥克風發言，現場一片混亂及分貝很高，半個小時後，突然有一位民眾從人群中竄出，手拿一支棒棍和維持治安的警方，發生激烈的肢體扭打。

同一時間，本來停放在群賢樓附近的電視轉播車，原來是要守株待兔，沒想到當時混亂局面，正好派上用場，電視台的記者冠哲，臨危受命，在現場進行電視現場轉播，瞬間不幸被現場穿著一群穿著黑衣的暴民，打到頭破血流，還好救護車及時趕到，送到附近台大醫院就診，冠哲當時保持清醒意識。警方立即逮捕涉嫌打人的暴力分子回警局偵訊。

冠哲面對飛來橫禍，除通知家人到場關懷外，冠哲也連絡女友依芙。

依芙是報社主跑立法院等政治路線多年記者，聽到冠哲受傷住院，內心非常焦急，立刻趕往台大醫院。人生何處不相逢！正在踏進醫院大門之際，依芙巧遇因母親因緣而結識的覺慧法師，心中好像吃下一顆定心丸，臉上表情突然轉為鎮定。她表明是要來探望男友，自己很擔心冠哲病情。

覺慧法師立即將手上的《般若波羅蜜多心經》簡稱《般若心經》，交給依芙，奉勸多念誦《般若心經》。

法師告訴依芙：「過去玄奘大師西行取經能通過重重險阻，完成到西天取經的任務，是因為他遇難時，經觀世音菩薩指點，念誦《般若心經》化險為夷，因此有些人相信，念誦或書寫《般若心經》之後迴向給怨親債主，有助於消災解厄。」

依芙滿臉迷惑詢問：「何以念經、持經與執持佛菩薩的名號，會有消災解厄功能？」

覺慧法師：「念經、持經或執持佛菩薩的名號會，使人內心清明，實地感受經文所描述的禪定境界而生出清靜心，從而發生消災解厄的功能。」

「另一個解釋是：念經與持經會感應的到相關的諸佛菩薩，來幫助念經與持經的人，例如一般人普遍相信受諸苦惱的眾生，只要聽聞或一心稱念觀世音菩薩的名號，具有不可思議威神力的觀世音菩薩，就會以大悲願力護持受苦的眾生，聞聲救苦；眾生應以何身得度，觀世音菩薩即現何身而救度。」覺慧法師補充。

依芙忽然領略其中要義，感謝法師的指點迷津後，隨即奔向冠哲病房為他讀誦《般若心經》祈禱。

人有誠心，佛有感應！經過一個月的虔誠誦經迴向，男友冠哲病情果然化險為夷，從此依芙每天誦持《般若心經》視為必修功課，身心靈感到很平靜自在。

除了讀誦《般若心經》之外，有些人和藥師琉璃光如來比較相應，當生病時會念誦「藥師灌頂真言」，又稱「藥師咒」祈願消災免難。根據《藥師琉璃光如來本願功德經》經文記載，在藥師佛向世人解說此咒之後，大地被一陣微妙的力量撼動，周圍散發萬丈光芒，人間的種種病苦，在瞬間消滅，四處洋溢安穩的歡喜氣氛，宛若淨土。

由於藥師咒具有不可思議的殊勝力量，被視為藥師佛賜予凡間佛法心藥，若能誠心持念，一心頂禮，奉行藥師佛悲智雙運的菩提心，則能得到身心的自在，解開苦難的枷鎖，獲得新生的力量。

2-6 生死瞬間 轉念得救

自從冠哲的身體逐漸康復後，王又藍秘書長為他慶生，因此邀約依芙及冠哲餐敘。彼此談笑風生，追憶各自在工作崗位上，發生過有趣糗事及難忘回憶。

王又藍則想起自己過去曾經在電視台進行採訪工作時，在花蓮秀姑巒溪泛舟而掉落水中，當下幾乎奄奄一息的痛苦經歷，也是人生中初次嘗到死神接近的滋味，那一次歷劫歸來，更加珍惜生命。

依芙好奇地問：「為何採訪泛舟，會意外跌入秀姑巒溪之溪水中？」

與生俱來對溪水有一股莫名恐懼的王又藍說：「我本來那一次採訪泛舟公司邱老闆，不打算入鏡頭，就是擔心和企業老闆一起泛舟，萬一不小心掉落水中怎麼辦？」

「豈知老闆鼓勵我不用擔心落水問題，因為邱老闆擁有救生員資格，他保證屆時若發生事情，一定會先來救我。」

王又藍心有餘悸回憶當時情景：「當時我對邱老闆信誓旦旦的話，信以為真，卸下恐懼心房，就和邱老闆並排且坐在遊艇最前端位置。」

「不料，當船遇到第一個暗礁，我整個人重心不穩突然滑落水中，且迅速漂流到中間的水深處。」

依芙：「你當時還好有穿救生衣吧？」

王又藍：「雖然當時有穿上救生衣，但是大概太緊張，還喝了好幾口水，覺得自己身體不斷下沉，內心陷入恐懼與不安！還好當下腦筋清楚，知道要把手上的划槳高高豎起，讓救生員知道我的位置，可以迅速前來搶救。心中還一直默念觀世音菩薩聖號，希望菩薩可以讓我消災免難？」

依芙：「邱老闆有沒有下海拯救您？實現承諾？」王又藍：「沒有啊！」

「反而是一位年輕的救生員，迅速抵達溪水中央拯救我，把我救起後，放置到另一個遊艇，真的是生死一瞬間呀！」回想當時情況真的很危急，因為身體越漂越遠，水越來越深，會讓人心生恐懼而覺得整個身體慢慢下沉。

一直在享受美食的冠哲突然抬頭問：「當時被救起而活過來的感覺是甚麼？」

王又藍：「當時腦筋一片空白，只知道慶信自己還在呼吸，心中感謝菩薩派兵救援，讓我撿回一條小命。」

「當我驚魂未定之時，邱老闆事後開玩笑取笑我，說當年行政院長也到花蓮視察泛舟，他搭乘那一艘遊艇第六個淺灘才觸礁，但院長畢竟是高官，有隨扈及時搶救，沒有落得你如此的狼狽下場。」

冠哲好奇詢問：「當時是否有埋怨邱老闆，沒有伸出援手及時搶救您？」

王又藍淡淡一句話：「其實抱怨別人，於事無補。心中一旦沒有牽掛，就是『解脫』的人生啊！」「真的是虛驚一場啊！」

「不過命已經撿回來最重要。從鬼門關回來，對人生有深刻不同的體驗，因此會思維生命的意義是甚麼？也是一種收穫！」依芙露出微笑神情。

有信仰的王又藍：「的確如此。換個角度思維這次事件，要學會正面思考，時刻懂得轉念頭，境隨心轉，的確是人生中值得學習的一門功課！」

經歷生死交關的王又藍，參透生命要有『無常』的警覺，從此之後看淡生死，當然更珍惜眼前的一切。

活在當下，把握每一天，讓生命過得更充實，人生不要有遺憾，是他歷劫歸來很重要的體證。

2-7 有志難伸 曝光無望

自從冠哲受傷奇蹟似的迅速恢復健康，記者依芙每天定時早課，認真念誦《般若心經》迴向，後來因緣俱足皈依三寶，成為佛弟子。

依芙為了彌補綠能協會王秘書長和民代助理的青島東路閉門會議，當時被拒無法現場採訪的遺憾，再度向王又藍秘書長提出希望私詳細了解內情，必要時發布「大獨家」爆料。

王又藍秘書長鑒於和依芙是大學同窗關係，了解她的為人可靠、正直，具有正義感，有一天邀約一起喝咖啡。冠哲是電視台政治新聞記者，個性沉穩內斂，守口如瓶，這次也前往了解內幕。

對於此案的內幕，事前三人已經擁有默契了，彼此知道該如何拿捏分寸，因此秘書長決定敞開心懷，選擇在人少咖啡廳，播放輕音樂的悠揚樂聲中，述說那一日和民代助理密室會議的詳細情節，並和依芙、冠哲展開對話。

王又藍秘書長：『當時出發前往和民代助理會商再生能源立法的策略，本來心中充滿感恩！』

『誰料當聽到六位立法委員助理開口，表達希望協會資助六百萬元，做為法案列入立院經濟委員會議程的籌碼時，心中不以為然。』但當下王又藍還是一副鎮定的樣子，沒有表達憤怒情緒，只是隨口應付一下。

依芙聽到此消息，以新聞角度來說，是個百分百「大獨家」！她繼續不斷向王又藍秘書長確認，有關民代助理的索賄所有細節，並以攜帶在身邊的筆記型電腦詳細記錄下來。

依芙問：『這一筆六百萬的款項，是要協會當白手套，匯款到某基金會帳戶嗎？』

王又藍秘書長回應：「正是啊，簡直不可思議！此一指定需要匯款的某基金會，大家都知道基金會之背景，是很有來頭的啊！」

好奇的依芙：「您可以進一步透露，究竟是哪幾位立法委員的助理，竟然好大膽子敢開口要錢？」針對此問題，又藍秘書長面有難色，表示此時還不方便透漏當事人名單，更何況協會的理監事會議，日前已經否決民代要求挹注資金以換取法案進度之事宜！依芙只好放棄再追問。

冠哲在旁邊聽著，了解此一訊息，是個驚天動地的新聞！基於保護新聞消息來源及大家先前說好的默契，依芙當天返回報社，暫時沒有要發布此一重大消息，靜觀其變！

一個月後，依芙終於獲得王又藍秘書長的同意解密，試圖向報社的鄭姓採訪主任，告知有六位民代的索賄醜陋新聞內幕，藉此試探上級的風向球。

沒想到鄭主任回應:「這個新聞千萬不能發布啊！」不過，鄭主任當下並沒有解釋，何以不能曝光消息的真正原因？此舉的確讓敬業的依芙大失所望！後來，繼續追蹤後明白，原來這個利益掛鉤的世界裡，鄭主任不想得罪立法委員諸公。

依芙無法發揮揭發真相之正義感精神，心中很氣惱，可是當下也莫可奈何。隨著時光流逝，因為無法一展身手，即使有獨家消息，亦被上司主管壓制下來，她心中思忖：是否要跳槽到其他的媒體？

當依芙心情低潮之時，正好有電視媒體要挖腳她去當主管。於是她邀約冠哲一起用餐，討論未來的職場生涯，是否要從報社跳槽到媒體發展。

茶葉因沸水才能釋放出深蘊的清香，生命也因一次次遭遇和挫折，才能留下人生的幽香。經過審密思考，依芙決定轉換跑道，為自己的未來職場生涯，種下新的契機。她告訴自己：『我們也許沒有辦法改變別人的價值，然而，我們卻可以選擇堅守自己的價值』。

2-8 轉戰媒體 陷入兩難

依芙自從轉戰電子媒體，當上主管後，日子更忙碌，因為要審核每日新聞。電視工作分秒必爭，有時候連吃飯時間都沒有，更不用說要談戀愛了。因此，她與男友冠哲見面時間減少，不過兩人還是談心的知己，偶爾邀約見面聊聊彼此工作上的挑戰。

一天兩人相約用餐，依芙向男友冠哲提起之前獨家新聞被壓抑的事情。依芙：『如果我和電視台主管反映，要獨家播出這則民代索賄消息，風險是甚麼？』冠哲苦笑回答：『你最好先試探電視台新長官，和立法委員之間的關係如何，不然冒失行動，可能得不償失！』

依芙表示同意男友的想法：應該如此，不然過去在報社讓主管難堪，這一次不可以重蹈覆轍。經過一番打聽，原來依芙的電視台新主管李文，與索賄民代之關係非比尋常，讓他陷入苦思！如果一意孤行，可能丟掉飯碗，或者根本沒有機會播出這則獨家新聞。

依芙決定邀請電視台新主管李文喝個下午茶，試探主管的口風，再作進一步的行動。

依芙：『可靠消息來源透露，日前有六位民意代表向綠能企業界索取賄款六百萬元酬勞，以便換取將法案排入立法院議程。』

『竟然有這種事情，那是天大的獨家新聞？』李文面露驚訝神情。

依芙：『因為民代的那隻手伸入媒體，多數人不敢得罪，所以至今沒有人敢發布，而這件事很隱密，只有少數人知道。』李文：『你知道希望索取賄款的立法委員的名單嗎？』

依芙：『我了解啊！』心裡正在猶豫是否要提到民代名字。

『如果那是天大的消息，自然要獨家播出，可是你的消息來源，是否願意曝光？』李文詢問。

依芙：『我可以去試探看看，是否消息來源，願意用變音方式播出？』

李文當下沒有立即詢問民代的名字，反而提出想法：『如果可以有權威可靠消息人士，願意用馬賽克、變音方式受訪，我們可以考慮播出這大獨家消息！』

依芙：『我願意儘速邀約問看看，消息來源是否可以曝光？』兩人結束下午茶，各自回到電視工作崗位上，繼續為新聞工作而忙碌著。她馬上向王又藍秘書長電話告知，電視台主管李文的決定，希望他能上電視透露此一重大消息，但是會打上馬賽克及變音處理。電話中又藍秘書長：『你確定新主管同意播出這則重大消息嗎？』

依芙回應：『李文認為這是個大獨家新聞，應該爭取播出，不過我尚未透露索賄民代的六位名單。』王又藍秘書長：『這樣不妥啊！如果李文知道這些立委名單，和自己關係不尋常，可能就會取消這個播出的決定，你會白忙一場！』

依芙：『如果長官反悔了，難道會把我列入黑名單？』

王又藍秘書長：『極有可能李文惱羞成怒，甚至會想辦法讓你很難堪，說不定新工作就會不保。』依芙想起法師曾經提醒過她：與人為善，以和為貴。

『不管你的前途怎樣黑暗，心頭怎樣沉重，你總應該等到憂鬱沮喪的心情消退之後，才決定你行事的方針和步驟。在你心境不佳的時候，不管痛苦的負擔怎樣沉重，你千萬不要倒地。』王又藍秘書長規勸處境陷入艱難的依芙。

依芙知道秘書長的好意，決定回去和主管李文進一步確認細節後，再作定奪。經歷此一事件後，依芙相信：世事短如春夢，人情薄似秋雲，不需計較苦勞心，萬事原來有命。

2-9 獨家新聞 考驗連連

電視台工作的依芙雖當上主管，但是權力有限，如今面臨了巨大挑戰，上級主管如果知道，索取賄款的六位立法委員，其中幾位竟然是自己認識的好朋友，可能會壓住這則獨家新聞，她有可能前功盡棄！

依芙面臨很大的掙扎，是否要告訴主管立委的索賄名單。經過幾天思考，依芙和男友冠哲商量後，決定要把真相和盤托出，希望能夠獲得主管的諒解。

巧的是，當她正要和主管爆料的前一天，不幸發生車禍，冠哲第一時間聽到消息後，立即趕往醫院探望，所幸依芙沒有什麼大礙，只是轎車毀傷。

依芙的母親在醫院正向探望的冠哲說：『前幾天夢到女兒有不好的事情，很擔心。』不過，人能平安就好。

就在此刻，母親認識的一位好朋友，來到醫院探望依芙，鼓勵她：「艱巨的工作，必須要靠堅持忍耐而完成；光明燦爛的前途，都是由精進不懈而成就」希望依芙能夠早日康復，並叮嚀多持咒念佛，有助於身心的安定。

還在醫院陪伴的冠哲問依芙：『為什麼會發生交通事故？』

依芙露出無奈的表情：『我也不清楚？完全沒有料到會發生此事！前幾天還去保養車啊！當天開車走上快速公路，發現煞車怪怪的，於是趕緊從快速道路下來，但車子的喇叭聲太小，摩托車又在前面阻擋，心中萬分緊張，還好內心稱念佛號，讓自己鎮定下來，後來離開快速道路，車子急速撞上牆壁固定後冒煙，但是人只有輕傷。』

虔誠信仰佛教的母親說：『還好菩薩保佑，轎車雖毀，可以修理，但是人能夠平安就好。』

就在依芙心中還存有恐懼之時，好朋友不斷打電話來關心，接著不久電視台的主管李文前來探望。因為發生這場意外，依芙決定暫緩向主管透露有關六位立委索取賄款的名單。

電視台主管李文告訴依芙：『不用擔心工作問題，建議充分休息，等身體狀況好轉再回工作崗位。』主管的貼心舉止，依芙放下心中對工作的牽掛。

當李文離去時，冠哲告訴依芙：『獨家新聞還是暫緩處理，不用急於一時，先讓整個事情沉澱下來。』

人生中很多事情，冥冥中早有安排，一點都不能強求。依芙原來想獨家新聞，要在適當時機發布，偏偏此時發生事故，讓她重新思考，獨家新聞還是等待因緣成熟再說。

千架海陸風力機
風速
中度颱風 30以上
輕度颱風 20~25
強　風 10~15
微　風 3~5
無　風 0
New Energy Pavilion

第三部 立法闖關

3-1 核四爭議 利多利空

地球只有一個，保護大自然是每一個人之責任。在環保與石油藏量即將枯竭的兩股趨勢下，發展綠色能源已成為世界各國能源政策的軸心。所謂綠色能源是指能夠藉由自然界的循環，以產生源源不絕且不會造成環境污染的能源。 一般而言，綠色能源包括太陽能、水力能、風力能、海洋能、地熱能、氫能和生質能，也有人稱之為再生能源。人人做環保，汙染自然少。而乾淨的再生能源，是大自然的恩賜，可生生不息使用，人類要懂得珍惜才是。

綠能協會二十多位理監事成員，雖然涵蓋產官學，但是綠能業者內部看似平和，卻出現各自為政的局面。其中風能產業以外商為主導佔優勢，國內太陽光電產業因為公司規模不一，相互競爭，始終無法團結。其他如燃料電池、生質能等初期更是不成氣候。儘管有人喜歡強出頭，買媒體版面爭取曝光機會，但也有人選擇默默耕耘與付出，當個無名英雄。

在一次協會理監事會議上，企業界老闆們紛紛聊起國際能源趨勢及熱烈討論國內政經發展趨勢。

風電公司丁紫梅總經理說：「民進黨 2000 年執政初期之『朝小野大』的政治結構，以及藍、綠雙方的強烈對峙與對決，及當時閣揆單方宣布停建核四，引發國民黨的強烈反彈。這樣不平靜之社會氛圍，讓人捏一把冷汗。」

綠寶公司林綠柏總經理接著呼應：「民進黨執政以後，立法院的府會關係，處於分立政府的狀態。尤其第五屆的立法院，任期自 2002 年 2 月至 2005 年 1 月，是首次呈現各黨不過半的生態，提高了立法院議事運作困難度。此政經氛圍下，多數立委認為再生能源發展條例的審查非有急迫性，冷漠以待。」

「民進黨執政的時代，主張停建核四，引發激烈爭議，綠營內部對再生能源法案內容各持己見，主張續建核四的國民黨立委則認為，再生能源發展條例是「反核」法案，不願替民進黨非核政策背書，當時在朝小野大的立法院生態及政黨競爭白熱化環境下，這個被貼上標籤的法案，加深了立法院議事運作之困難度。」洪樂天理事長亦發表看法。

秘書長王又藍認為：「1980 年國民黨執政時提出的北縣貢寮核四計畫，在 2000 年 5 月 20 日民進黨首次執政後，由於環保人士及貢寮鄉民再度強烈抗爭，成為國內新聞焦點，藍綠徹底撕破臉，釀成政治風暴，最後大法官釋憲認定停建過程有瑕疵，隔年二月恢復興建。」

由於當時經濟部主導的核四評估委員會，舉辦了數月的公開討論，提供了一個論壇給續建派與停建派雙方各自表述立場。續建派堅持綠色能源不能應急，沒有核四，電力必然不足，經濟發展會受到負面衝擊。停建派則深信電力的供應問題可透過民間新電廠的設立、發電效率的提昇、節約用電、能源效率的提昇，及替代能源的開發等措施獲得順利解決。以致再生能源的發展受到了矚目，亦和核四興建與否產生關連。

當時行政院院長於 2000 年 10 月 27 日在行政院院會後召開記者會，發表「打造非核家園唯一的選擇」聲明，宣布停止興建第四座核能電廠。行政院並呼籲、朝野秉持台灣永續發展及建立非核家園的遠景，支持這項決定。聲明中指出，停建核四有下列因素：（1）不建核四，不會缺電；(2) 具體可行的核四替代方案；(3) 核廢料是萬年無解難題；（4）核災萬一發生，危機處理堪憂；(5) 核四合約中止損失尚低於續建投入成本；（6）永續發展台灣經濟，逐漸建立非核家園。有部份企業界人士對所謂非核家園的理想，不以為然。

國民黨籍的立法院長批評行政院的作法違法，必須面對監察院的調查與彈劾。稍後，國民黨十多位立法委員到監察院陳情，認為民進黨政府宣布停建核四，損害人民利益並違法違憲，請監察院對各級違法失職公務人員予以調查並提出彈劾。在野的親民黨和新黨有志一同，都決定籲請監察院對失職違法的張俊雄和相關部會首長提出彈劾。

究竟朝野對核四事件的爭議，對再生能源發展是利或弊，見仁見智。以當時的政治環境觀察，迪應太陽光電公司王士杰總經理說：「核四爭議反而給了再生能源立法之空間，替代能源的要求起而代之。但是卻因在立法院佔多數的國民黨立委，不想替民進黨非核政策背書等其他錯綜複雜因素，致法案難以順利通過。」

3-2 凝聚共識　綠能論壇

不久之後，王又藍秘書長邀產官學專家及民代，再度針對再生能源法案立法之路充滿挑戰，舉辦公聽會，希望能夠找出因應對策，期盼情勢能夠峰迴路轉，早日出現轉機。

協會邀約不同黨派的立法委員，共同參與，不過大多數的立委拒絕參加。不過，其中有一個黨派的立委辦公室主任，暫時同意會把綠能公聽會時間，列入委員的行程中，屆時再依照委員的當天行程，再確定是否親自出席會議。王又藍秘書長的同學，剛好也是立法委員，基於同窗情誼，欣然表示同意參加。

政府官員方面，協會也邀約經濟部能源局局長共襄盛舉，希望他能在會中說明，政府為什麼要推動再生能源法案，及政府版本的再生能源法案主要內容重點是甚麼。學者方面，協會則邀約工研院專家及大學相關科系教授共同出席討論。產業界代表的邀約對象，主要是以協會的風能、生質能、太陽光電、燃料電池等會員為主。

此次舉辦公聽會，首次在立法院內舉辦，企業界報名人數非常踴躍，且辦得很成功，增加媒體的曝光度。

除舉辦公聽會之外，推動再生能源法案，需要獲得層峰支持，王又藍秘書長希望在南科舉辦的那一場綠能論壇，建議洪樂天理事長能邀請副總統參加。

副總統辦公室立即回覆：關於當天綠能論壇，長官出席應該沒有太大問題。不過場地方面，需要相關人員事先勘查確認。熟料，會議前一天，副總統辦公室回應：

因為副總統臨時有私人重要行程要出席活動，臨時取消公聽會的致詞。此事雖讓綠能業者失望，不過活動依然如期舉行。但副總統辦公室事後承諾，下次協會若舉辦綠能論壇，他一定會親自出席。

論壇中發言踴躍，除邀請學界、業界發表關於綠能的專業報告外，現場也有些人提出發展綠能的質疑？但經過官員及各界專家解釋後，與會者對台灣發展再生能源已逐漸釋疑，且有逐步認知，算是開啟良好的互動！

綠能協會洪樂天理事長：『台灣推動再生能源法案雖然困難重重，充滿挑戰，不過由於舉辦此次的綠能論壇，獲得良好的成效。以後要多舉辦類似活動，讓各界能充分溝通，凝聚共識。』

王又藍秘書長:『希望以後有不同政黨的民意代表，均能出能席綠能論壇。這樣對未來推動再生能源法案，會有加分效果。』果然，接二連三在北、中、南各地舉辦多場綠能論壇，除吸引平面媒體報導外，也讓更多人了解，再生能源在台灣發展的重要性及前瞻性。

其中，有一場綠能論壇在台北某家大飯店舉行，副總統終於實現承諾，出席致詞，吸引更多媒體前來採訪，增加綠能議題曝光機會。

3-3 缺乏誠信 被放鴿子

生活中難免會有心煩之事，而戰勝挫折，讓我們獲得學習和發展的機會。如果學會把外部壓力拒於門外，你將發現，自己將逐步朝預期目標，踏出重要的一步。

2002 年底時，綠能協會理事長洪樂天曾率領核心理監事，前往拜會立法院院長，果然隔年將再生能源發展條例草案，終於列入民生法案優先審查。回顧歷史，其實早在第四屆立委跨黨派的合作下，民進黨的立委和國民黨的立委，都曾提案「獎勵再生能源發電條例草案」，但在第五會期一讀進入經濟相關委員會後，就一路被冰凍到任期結束。

綠能協會推動再生能源發展立法的初期，立法院經濟委員會的多數立法委員們，對所謂「綠色能源」、「新能源」、「再生能源」等這些名詞都很陌生，更別說是要他們支持再生能源法案了。

為加強宣導再生能源是甚麼？王又藍秘書長好不容易花了一番功夫，透過黃姓立委辦公室主任陳哲嘉牽線，可以和立委進行座談會，因此綠能協會的九位理監事預計前往赴約。

終於敲定風和日麗的一天，立委同意預定上午九點，在黃委員辦公室進行座談會，正當綠能協會的洪樂天理事長正要驅車前往立院路上，王又藍秘書長於上午八點五十分，突然接到陳哲嘉主任電話。

陳主任對王秘書長說：「黃委員臨時決定回地方服務選民，上午趕不回來台北辦公室，我們改天再約好了」。

王又藍一臉茫然，對方連一句致歉的話都沒說，被放鴿子很心寒！他只好緊急通知洪理事長及所有理監事，馬上取消當天座談會的約定。即使當時有幾位理監事，已經在立院等待，只好敗興而返。王又藍心裡想著：生活上不可能每件事都隨心所願，因此保持風度，不要動怒，未來雙方才有繼續互相合作契機！他深信：堅忍是解除一切困難的鑰匙，它可以使人們成就一切事。

果然為了彌補上次的安排搞烏龍，事後陳主任對王又藍坦誠地說：「其實我們黃委員對再生能源或綠色能源究竟是何物，並不是很了解？希望私下邀約委員做簡報，不必邀約這麼多位理監事參加，這樣的大陣仗，反而讓委員的面子上掛不住，很尷尬啊！」

「原來是這樣，如果事先知道是這樣情況，當初就不會邀約太多企業老闆到立法院座談」又藍秘書長若有所思回應。民代不重視承諾，若承諾日期出現卻被放鴿子，是經常有的事，不足為奇。

「我們邀約下個月的九號」，陳主任看看委員的行事曆時間表，雙方終於敲定下次見面日期。

雙方約定見面日期這一天到了，又藍秘書長和陳主任先再一次電話確認行程。

王又藍秘書長：「今天上午十點，我和理事長及一位綠能公司總經理，要過去立法院辦公室和委員聊聊，是否有變數？」

陳主任回應說：「沒問題，我已經訂好會議室，請直接到會議室談好了。」沒多久功夫，又藍秘書長等人到達立法院的會議室，與黃委員及助理等寒暄一陣，大家換過名片後，王又藍秘書長打開筆記型電腦，開始用準備好的綠能說帖簡報，解答委員對再生能源的疑難雜症及回答相關問題。

黃委員問：「目前台灣的傳統能源發電成本很低，何以需要推動再生能源？」

王又藍說：「再生能源包括風能、太陽能、生質能、燃料電池、地熱等。」在全球石油危機之後，大家發現推動乾淨的能源是國際的趨勢，而再生能源是大地取之不盡、用之不竭的乾淨能源，也是很好的替代能源。台灣的核能發電比率偏高、安全性受到部分人士質疑，且傳統燃煤發電等造成空氣汙染嚴重，而發展再生能源卻是很好的選項。

立委聽完簡報之後，終於對台灣要推動再生能源發展，有初步認識及瞭解。

西元 2000 年，在歐美及日本等進步國家，推動乾淨的再生能源或稱新能源、綠色能源，已風起雲湧，且有法律保障補貼綠能發展，使得風力發電、太陽能發電等極為普及。但在台灣來說，外界對所謂再生能源極為陌生且缺乏共識，民間團體在立法院推動再生能源立法之路困難重重。

難以入睡的王又藍秘書長午夜夢迴，想起書中讀過的幾句話：『...牡蠣如不努力排除障礙，就不會產生光澤的珍珠；眼睛如不排除沙子，就不會有那麼多淚水來洗滌。每個人心靈中都應當有一顆珍珠，它就是排除困難的毅力與智慧。...』

3-4 列入議程　沒有共識

立法院群賢樓的走廊依舊是川流不息的人來人往，紅樓的會議室，內部召開不同的委員會，唯獨討論再生能源法案的經濟委員會的委員參與開會，總是意興闌珊，提不起勁兒！王又藍秘書長突然想起大學恩師的一句話：「受得起別人的冷落，禁得起外境的磨難，困難就會向你低頭。」繼續打起精神前進。

立法委員問政，有的漫不經心，有的兢兢業業。當時很多立委不了解推動台灣綠能發展的重要性及急迫性，對新興的再生能源法案，抱著漠不關心的態度，即使法案好不容易排入立法院之議程，也會因人數未過半而流會。

一天上午立法院議會，王又藍秘書長了解到出席法案的立委沒有過半數，只好親自打電話拜託平日比較有交情的立委。

王又藍秘書長問：「今天上午審查再生能源法，委員可以出席經濟委員會嗎？」電話中立委傳來答覆：「我正在美容院洗頭，無法趕過去」。

過了好一陣子，委員人數確定沒有過半，當天會議主席宣布流會，類似情況經常發生。

早期立法院還沒有通過遊說法，民間團體都是私下拜會不同政黨的立委，好不容易讓再生能源法有機會列入立法院經濟委員會議程討論，結果常常因立委出席人數不足而流會，又藍秘書長很無奈，疲憊的走出立法院的大門。

另有一次會議，好不容易在秘書長及多位理監事的努力，及立法院內貴人相助下，終於把再生能源法案列入立法院經濟委員會討論。綠能業者喜出望外，甚至有的企業界老闆會想辦法進入會議室旁聽。

不同政黨的立法委員對再生能源法案看法南轅北轍，始終沒有交集，無法達成共識。黃姓委員主張：目前台灣沒有缺水、缺電，何必推廣昂貴成本的再生能源？

陳姓立委認為：如果推廣再生能源給予業者補貼，乃是圖利財團？實在不宜。還有羅姓委員質疑：再生能源發電之成本，例如太陽光電和傳統燃煤等能源發電成本相距甚遠，台灣真的有必要推動『再生能源發展條例』嗎？

經過這次會議，綜合發言，綠能業者發現，支持再生能源發展的民代幾乎寥寥無幾，秘書長難掩失望！會議中聽不到委員們，述說發展再生能源的好處很多，例如再生能源是屬於乾淨能源，取之不竭、用之不盡，對環境的友善貢獻等。

可以顯見《再生能源發展條例》草案，初期在立法院的命運坎坷，受到立法委員支持比率實在很低。面對推動立法諸多挫折，王秘書長不禁想起：綠能企業若當年接受民代的要求而選擇賄賂，難道催生法案進度，可能會加速？

喜歡正面思考的王秘書長認為：戰勝挫折，讓我們可獲得學習和成長的機會，內心的信念依然很堅定！有人說過：『百戰百勝，不如一忍；萬言萬當，不如一默。』平日透過靜坐冥想，可以增加專注力與定力，王秘書長找到身心安頓之處，更找回久被遺忘的真心。

3-5 整合版本 煞費周章

第五屆第二會期，當時連任的民進黨立委和國民黨立委則繼續聯署提案「獎勵再生能源發電條例草案」，此時行政院首次提出行政院版法案，部分風力發電公司開始進行立法遊說，立法院各黨委員紛紛察覺再生能源的國際趨勢及背後可能隱藏之龐大市場利益，後來百花齊放。但由於黨派間議事的杯葛以及經濟相關委員會的複雜角力，一讀過的法案在委員會開過三次審查會併案審查後也會無疾而終。

第六屆第一會期，有五位立委分別聯署提出各版本的再生能源發展法案，歷經 2005 年第二屆的「民間能源會議」和「全國能源會議」達成「加速再生能源發展條例立法」之具體結論。立法院第二會期行政院亦提出行政院版法案，加上一位羅立委之版本，總共七案，一讀過的再生能源發展法案併呈委員會審查完畢，進入二讀程序廣泛討論並交付黨團協商，但在任期結束仍然未能走完最後一步而功虧一簣。

由於立法院的委員結構和遊戲規則，要通過經濟相關委員會的審查以及二讀交付黨團的協商，環保團體及再生能源廠商遊說之對象，勢必得涵蓋各黨派委員，讓各黨派政治人物均將「再生能源發展條例」的通過，視為自己重要的政績。

台灣的再生能源發展條例版本，剛開始只有行政院版本。由於綠能協會的不斷鼓吹，有位張姓立法委員，在風能外商公司企業丁紫梅總經理要求下，終於同意提出一個再生能源版本，不過，前提是要這個企業代表，主動找律師來草擬一份代表該政黨的版本，亦可當作政黨的績效。

丁紫梅總經理答應此事後，同意草擬對自己公司有利的版本，經過詢問律師代表要草擬一份綠能法案的價碼為何？

邱律師表示:『如果要草擬一份再生能源發展條例，價格大約八十萬元新台幣。』

丁紫梅總經理向德國總公司請示後回應：『沒有問題，公司可依支付這筆草擬法律的費用。』

經過兩個月時間，丁紫梅總經理終於透過律師的協助，研擬完成一個再生能源發展條例的新版本，此內容自然是要有利於此家產業發展，當然日後能否被接受，還是一個問號？

不同黨派的立委知道消息後，也紛紛要求其他綠能企業，能夠協助他們提出不同的版本，以便和行政院的版本相抗衡。

立委這個無理要求，讓綠能協會陷入苦惱與不安！

綠能協會洪樂天理事長聽到此事後，一臉狐疑不解地問王又藍秘書長：『難道台灣的立法委員不會立法嗎？』

洪樂天理事長非常納悶：立委竟然要求綠能企業老闆，各自研擬不同再生能源法案版本，替不同的政黨做績效，真是讓人啼笑皆非！

太陽光電業者迪應公司認為，如果能夠讓再生能源的版本百花齊放，這樣能夠受到更多的注意，也未嘗不是一件好事！未來在立法院討論起來，將會引起更多的關注。

王又藍秘書長則認為說：『如果再生能源發展條例的版本過多，最後勢必一定要整合出一個協商版本，和行政院的版本對照討論。而版本過多的話，會造成很大的困擾及花費更長時間整合！』

後來，果然各個不同黨派，終於有不同版本的再生能源發展條例草案，在立法院百花齊放了。下一步，如何進行整合，是個大工程。究竟要協調折衷出哪一個版本出來，是一個很大的學問。

洪樂天理事長建議：『最好能夠再開公聽會，讓不同政黨的版本，能夠做進一步的討論，找出一個多數人認為合理折衷的方案。』

協會果然再度因為這個問題，舉辦了一場公聽會，可惜大家依然各說各話，堅持已見，始終沒有研究出多數人可接受的折衷版本。舉辦公聽會本來希望能夠整合再生能源法案不同版本，但是落空了。

於是王又藍秘書長私底下請教立法院的貴人郭飛竹，這位立院資深主管對法案在立院的運作非常熟悉，建議還是透過有份量的人私下主持大局協調，而不是用公開的方式，這樣可以保住大家的面子，不用撕破臉。洪理事長認此方案可行，希望積極處理。

最後協會決定找一位重量級人物，私下折衷協調不同版本再生能源法案，以便日後在立法院討論時能夠加快腳步。

3-6 補助價格 爭議不休

第六屆立法院是任期自 2005 年 2 月至 2008 年 1 月進入實質討論階段，再生能源之收購電價始終成為討論焦點，但無法達成共識。其中張姓立委因牽涉利益衝突及選舉因素，將進入二讀前黨團協商遲不簽字，使得該法案立法進度再度受阻。

推動再生能源過程中，有關再生能源發電補助問題，隨著風能、太陽能、生質能等不同的能源，每度電的補貼政策不同，引起許多爭議。由於太陽光電發電成本極高究竟要訂定多少價格補助才合理，見仁見智。在立法院討論此議題，不同能源的補助價格，面臨有如市場上討價還價的熱鬧場面。

為了和政府官員做政策溝通，綠能協會再度舉辦綠能論壇，希望對太陽光電、風能、生質能等發電補助政策，獲得更多人的共識。

在一次五星級飯店會議廳舉辦的論壇活動中，因太陽光電的每度電發電補助金額，比起其他綠能要增加許多，引起廣大的討論。

太陽光電茂能公司代表發言：「即使太陽光電每度電補貼達 15 元，仍然需要 20 年才回收。」能源局主管官員林平之強調：「政府不可能訂定太陽光電每度電補貼，提供太高的補助金額。至於燃料電池的優惠補助則需要另訂辦法獎勵。」

風能企業丁紫梅總經理說：「能源局草擬的風能每度電補貼 2 元實在太低，建議要提高到 2.5 元。』但是能源局官員林平之說：『風能每度電補貼 2 元，這樣的補助價格，已經有利可圖了。」

行政院版的再生能源發展條例版本，由於各界看法不一，論壇無法獲得結論與共識。

林平之強調：『不管是哪一種綠色能源的發電或獎勵補助，最後補助金額多寡，必須在立法院討論後定案，換言之是委員在立院討論後才算數。至於我們在論壇中所有與會者的意見，將呈報給委員作為修訂的參考！』

其實先進國家政府，都有訂定法律補貼綠能的發電，以保障業者，鼓勵他們從事綠色能源。不過在台灣，一般人的環保意識並沒有很強烈，尤其對於綠能的發電的補助金額，有些財團覺得圖利他人，也有反對的聲浪。

究竟每一度電的比補助是多少才是合理？論壇討論過後，協會決定把這些結論彙整，交給立法院，作為委員在立院經濟委員會議時的參考。王又藍秘書長認為，要尊重不同的意見，平等看待不同的聲音，這樣才能融合整體看法。

台灣研擬再生能源發展條例版本，剛開始草案研擬主要是參考德國的做法，但因民情不同，也不能夠全部比照辦理，故必須透過充分的反覆討論，大家有共識後，再進行合理的修訂。

天下無難事，只怕有心人。推動綠色能源這個法案，雖然在立法院吵吵鬧鬧，但是能夠一次又一次公開討論，是件非常不容易的事。比起推動初期，社會各界對綠能是甚麼都不瞭解且漠不關心，如今已經令人感到欣慰，而綠能協會在全體理監事的熱烈鼓吹下，引起矚目。

3-7 挖角人才 不為所動

催生台灣的再生能源立法，是一件非常艱鉅任務，也是一條漫長的道路，充滿荊棘。轉眼三年過去了，民間團體依然沒有辦法讓《再生能源發展條例》草案，完成三讀立法程序。面對未來，綠能協會理監事們堅信：再堅冷的冰，遇到太陽照射，終會融化。再生硬的米，經過爐火燒滾，終能煮熟。

由於王秘書長因為推動立法的需要，經常在立法院走動，使得某些政黨的立委辦公室，注意到王又藍秘書長處事圓融，待人和善，各方面條件都很優異，是個不可多得的人才，多位立法委員打算挖角王又藍秘書長擔任立委辦公室主任。但王又藍對立法院辦公室主任這個職缺，意願不高，於是拒絕了立委善意的邀請。

他認為，在洪理事長的信任以及理監事的託付下，推動再生能源立法，是個非常重要的使命，故立法過程當中，即使有不同政黨多次挖角，可是他都不為所動。

有一天，某立委辦公室羅姓助理刻意詢問王又藍秘書長：「您有興趣到我們辦公室來承擔辦公室主任職缺嗎？」

「我對目前工作還算滿意，目前沒有跳槽意願！很感謝委員的賞識給我機會！何況理事長等人都對我很信任，我在協會的使命是，積極催生再生能源之立法工作，不可半途而廢啊！』王又藍秘書長回應。

另一位立委辦公室邱主任想挖角王又藍秘書長：「希望您能慎重考慮，到我們委員辦公室服務，我們除了有不錯薪水之外，重要的是，檯面下的好處很多啊！」

「我目前沒有更換工作的考量，非常謝謝委員的好意啦！」王又藍秘書長。

邱主任聽到對方無意願之後說：『沒有關係，來日方長，若改變主意，歡迎您隨時加入我們，大門永遠為您而開！』王又藍苦笑一番，覺得受寵若驚！他已經練就了一身好功夫，即使外面的考驗非常多，他還是不為所動。

回想協會推動再生能源立法初期，有部分理監事也不太諒解秘書長的辛勞，有的甚至會找麻煩。曾經有位周姓女學者，自以為本身推動環保對社會有貢獻，喜歡賣弄自己很偉大，造成理監事的反感。

有一次在理、監事會議時，她還亂發脾氣，一旦動怒就數落不同的綠能企業及秘書長，甚至將文件丟棄到地上，讓大家非常難堪。還好三年一任的理監事到期，下一屆綠能協會改選理監事時，周姓學者立即遭到淘汰。

再生能源立法在台灣推動初期，因為多數人對綠能很陌生，甚至不了解為什麼要推動乾淨永續的能源？加上協會預算有限，無法刊登平面廣告，也沒有辦法去買電視台的時段來大力宣傳，完全要靠多舉辦各類活動，增加曝光度。甚至帶領企業去參加各項國外的綠能展覽，增加綠能企業界的能見度。或者協會舉辦海峽兩岸之間綠能業者的交流活動及相互參訪，增加彼此認識及互動機會。

3-8 法案闖關 功敗垂成

再生能源發展條例立法的延宕，是各利益集團的遊說及角力緣故。當然利益分配的爭奪是關鍵。而此法延宕的立法波折，主要的爭議點之一是躉購費率要如何訂立？

行政院於 2002 年所提出的草案，是採取德國立法例的法定固定費率。但在 2008 年行政院所提出的草案中，卻改為由費率委員會決定躉購費率。這項重大的轉折點，主要是考量此舉立法過關希望較濃厚，不必再為固定費率多寡爭議不休。

然而再生能源躉購費率究竟應如何訂定，讓行政及立法部門均傷透腦筋，固定費率與公式費率都有不同的擁護者。再生能源發展條例的精神說穿了就是政策補助產業，立法過程中如果把可接受政府高額補助的產業對象愈訂愈廣，將引發社會對政府補助氾濫的質疑。而高額的補助費全部由納稅人買單，也會引起社會對該法案的不滿。

有一年，立法院將對再生能源發展條例進行朝野協商前，雲林反發電廠自救會等團體，前往立法院抗議陳情，反對在農業特定區設置國內首座生質能電廠，並表聲明指出，我國是否適宜設置生質能電廠，尚有諸多爭議，包括稻穀不足、發電過程中將產生過多二氧化碳及電廠安全上之威脅等，將對農業環境破壞很大。

經濟部能源局以為，世界主要推動再生能源之國家如德國，均未將燃燒一般廢棄物之焚化爐納入獎勵範圍。由於焚化爐有戴奧辛排放之問題，及現行國內焚化爐分為公營、代營運操作或 BOT 等類型，其生產之電力是依汽電共生系統實施辦法之收購價格，由台電保證收購，因此在委員會審查時，委員以附帶決議方式，不納入條例中規範。非常可惜的是，有一年，再生能源發展條例草案眼看著要進入立法院三讀的階段，綠能企業心生歡喜，可是最後卻產生了新的變數！

再生能源法案預計三讀完成立法程序那天上午，突然有個環保團體，在重要核心人物率領之下，前往立法院強烈抗議，表達法案若通過，會對環境會造成不好影響為訴求，其實其反對理由，了解內情人士都知道，非常牽強。致使法案闖關失敗！

王又藍秘書長提出質疑：「綠色能源是對環境發展非常友善的能源，是大家有目共睹的事實，哪裡會對環境保護不利呢？何況再生能源法案中規定，有了政府的補貼政策，才容易引起鼓勵作用。」

洪樂天理事長告訴大眾：「推動綠色能源是先進國家的重要發展趨勢，全世界都是透過政府的支持及補貼政策，才得以如火如荼展開，歐美、日本等就是因法律保障而成效良好。顯然環保團體是為反對而反對，或者其中隱藏利益的糾葛而擺不平？」

環保團體代表許理事長強烈表達：「若通過再生能源法案，有了政府的補貼政策，等同圖利國內的大財團？因此誓言將反對到底。」

既然環保團體抗議振振有詞，立委也不想得罪那些人，只好暫時擱置法案，等待立法院下一會期的討論。可見要推動一個新的法案，在立法院闖關成功，需要很多因緣條件的配合！

洪樂天理事長無奈地在內部會議上，期勉所有理監事：「希望大家耐心等待下一個會期的討論，必須務必再接再厲，不要氣餒！」王又藍秘書長及理監事都對此表示惋惜，應驗了好事多磨。

3-9 黨團協商 政治妥協

第七屆立委時期，出現重大轉折，行政院版法案將再生能源固定收購電價改為授權行政部門成立審議委員會，以計算公式決定再生能源躉購電價，最後透過黨團協商，才解除長久以來之立法爭議。

台灣之再生能源發展條例，在立法院之黨團協商妥協下，沒有承襲德國 EEG 法案最重要的成功關鍵，即法定固定費率及法定收購年限，而交由十餘位審定會委員決定，他們能否承受利益團體遊說壓力下有效率運作，並吸引優質廠商投入資金與技術進入再生能源生產，國內有專家提出質疑。

李姓立委接受記者訪問：「即使同黨但不同委員所提的版本，就沒有共識，例如為了法案中該納入哪些事業，成為再生能源法定的補助對象，立委們的看法也是南轅北轍。」

其實多數委員對「再生能源發展條例」大多數的條文內容都願意讓步，但趨向支持行政院通過的經濟部能源局所提的版本。只是行政院版又有許多補貼業者的條文，無法讓某些政黨完全接受，黨團總召甚至語帶威脅：「若要為行政院版的再生能源發展條例護航，就是圖利特定業者。」

綠能協會洪樂天理長對立法院黨團協商過程中，因有位立委不簽字遭杯葛，讓法案再一次喪失過關機會，真是無法理解？而最讓人難過的是，反對之委員其杯葛理由竟然是：「通過立法對他個人沒好處，除非要用利益條件交換。」當時立法院政治生態是，無論是執政黨或在野黨立委，均有委員要求利益回饋，使得法案過關，始終充滿變數。

王又藍秘書長無奈地告訴媒體：「黨團協商往往以政治妥協的方式作出結論，是政黨各取所需、各有所得的結果，最後可能犧牲掉真理與正義。由於協商的談判過程就是把雙方的利益最大化，使各方最終都有利可圖，因此各式各樣不可公開的手段會出現。」

立法院是政治角力之場所，黨團協商的好處是有個溝通的平台，有助於讓法案順利過關，化解爭議；弊端是過去的黨團協商乃閉室協商，不過現在有錄音、錄影存檔，可以降低黑暗面，減少灰色地帶。

3-10 八年抗戰 立法通過

從播種到收割，是需要時間與耐心的。台灣推動再生能源立法雖然歷盡千辛萬苦，但是八年之後，總算苦盡甘來，撥雲見日。全力以赴的協會王又藍秘書長相信，抱著樂觀的態度，最後總是會有美好的結果。2008年台灣面臨總統大選，政黨輪替，當時馬總統喊出節能減碳政策，對催生《再生能源發展條例》注入一劑強心針。綠能業者此刻充滿期待與歡欣。

外商風力公司的丁紫梅總經理在 2009 年 4 月全國能源會議前夕，大動作召開記者會強調，再生能源補助價格太低，無法在台灣繼續投資，引起高層關注。同一年 4 月 15 日，當時的馬總統在全國能源會議上回應，再生能源發展條例一定要在會期內完成立法程序，黨團隨即於 2009 月 4 月 28 日，在某一會期院會提議，由院長召開黨團協商處理。

由於本案從未舉行過委員會層級的協商，立法院甚少對類此案件驟然進入院長層級協商，因此黨團於 2009 年 5 月 25 日召集委員會主席主持的黨團協商會議，並當場提出執政黨版本的建議條文，要求與在野黨的建議條文一起討論。

在野黨立委指出，他們的建議條文早已完成，執政黨的版本在協商會議才當場提出，來不及仔細閱讀，希望暫緩協商，隔週再行討論。但是執政黨立委表示，立法時間緊迫，反正最後還是要院長協商，這個階段能凝聚越多共識，可減少有爭議條文，院長協商會更有效率，且兩黨的建議條文雷同之處甚多，可以先行就沒有爭議的部分作成結論。最後再生能源發展條例的委員會黨團協商，就在這種氣氛下進行，並將爭議條文縮小為十二條。

完成委員會的協商後，立法院長於 2009 年 6 月 1 日召開黨團協商，討論再生能源發展條例草案，然而在野黨總召到場後，認為總統指示會期一定要完成再生能源的立法工作，過度干涉立法院事務，認為目前的草案內容不妥，不應通過，並與會議上的行政官員發生衝突，導致協商不成。院長立即指示經濟部能源局官員，趕緊瞭解在野黨的意見並研究可行性，另行提出整合版本後再行協商。

2009 年 6 月 10 日，院長再度召集協商，執政黨及行政院願意接納部分的在野黨意見，其中最關鍵的就是電價躉購費率的聽證問題。經過在野黨立委的說明，最後達成審定躉購費率及其計算公式「必要時得依行政程序法舉辦聽證會後公告之」的共識，並通過附帶決議，再生能源發展條例通過後第一年必，須舉辦聽證始得決定躉購費率及計算公式，其後至少每三年舉辦一次。這份協商結論並獲得朝野黨團幹部的簽字確認，最後讓再生能源發展條例在那個會期內順利三讀通過，完成立法程序。

沒有想到在當年馬總統信心喊話加持下，再生能源發展條例的命運，得以峰迴路轉，2009 年 6 月 12 日在立法院三讀通過，完成立法程序，當年 7 月 8 日公布實施。台灣的再生能源發展邁入了新紀元。

天下無難事，只怕有心人！再生能源發展條例立法時程，從 2001 年到 2009 年，八年期間歷經四屆的立委，跨越兩個不同政黨執政時代；也歷經 2005 年、2009 年兩次全國能源會議，其間政治氛圍詭譎及國內外環境之變化，對再生能源立法產生諸多變數。聽到立法終於過關了的消息，綠能業者經歷八年抗戰的忍耐與煎熬，莫不歡欣鼓舞，慶賀此值得喝采的日子！

21 世紀全球面臨氣候變遷的挑戰下，新興的綠色能源產業成為各國逐鹿的主流產業。我們可以期待的是：各類新興能源技術將以系統化的整合方式，協助我們克服人類未來五十年的能源需求，並減少溫室氣體的排放。

3-11 樂天之母 往生託夢

再生能源發展條例完成立法三讀程序後不久，綠能協會洪樂天理事長之母雲英夫人高壽九十八歲往生，奇特的事發生了！

雲英夫人在快要往生前，曾託夢給從未謀面的王又藍秘書長，夢中示現是一位慈祥的長者，頭髮很長留有髮髻，一臉安詳微笑看著他，直到洪理事長告知他的母親日前往生，秘書長則形容夢中見到長輩的面貌，才知原來是理事長之母親辭世前託夢，但是究竟為何要託夢告知，王又藍秘書長其實並不清楚。

平日有讀誦佛教經典習慣的王又藍秘書長，因為夢中雲英夫人往生示現，於是念了108部的《佛說阿彌陀經》及往生咒，迴向給雲英夫人，祈願老人家蒙阿彌陀佛接引往生極樂淨土。同時他和綠能協會的幾位理監事，專程南下前往理事長的故鄉━彰化的一處偏僻小鎮，參加雲英夫人的告別式。

王又藍秘書長等綠能企業老闆抵達告別式的現場，

看到一座棚內兩旁布滿許多花籃及花圈祝福，他們被安排座位入座之後，秘書長就開始不斷默默持咒及讀誦心經及阿彌陀佛之佛號，迴向雲英夫人蒙佛接引往生極樂淨土。

告別式當日上午，天氣不冷不熱是個陰天，當秘書長上前代表所屬團體正要獻花、獻果時，場內突然颳起一陣強風，幾乎吹倒前幾排的花圈及花籃，真是不可思議啊！大概是王又藍秘書長的虔誠專注念佛迴向，感應諸佛菩薩降臨告別式的現場，他覺得很安慰。

佛教認為，人的生命結束後，或生天，或做人，或流轉於其他五趣六道。總之，此一形體消滅了，又轉換成另一形體存在。譬如以柴薪取火，柴薪一根接一根燒完，但是火焰卻始終不斷，我們的生命之火也是像這樣的相續不斷。原來人死的是軀殼，而人的本性不死。

洪樂天理事長返台擔任大學教授之前，有很長時間旅居國外擔任大學教職，是家中的獨子，即使母親高齡，且沒有病痛走完一生，正是所謂的壽終正寢，心中仍然難掩悲傷情緒。

既然雲英夫人在夢中託夢給王又藍秘書長，表示彼此有緣，王又藍秘書長，現場以『我願』這首歌，作為獻給雲英夫人的追思！

「我願作一根蠟燭　燃燒自己照亮別人 我願作一支畫筆　彩繪世間增添美麗　我願作一盞路燈　照破黑暗指引光明 我願作一棵大樹 枝繁葉茂庇蔭路人

我願作一本書籍　展現真理給人智慧 我願作一方大地 普載眾生生長萬物

我願作一根蠟燭　燃燒自己照亮別人 我願作一棵大樹　枝繁葉茂庇蔭路人 。」

人之死亡，如住久了的房子，一旦朽壞，就要拆除重建，才有新屋可住。當新居落成之時，這是可喜呢？還是可悲呢？一部舊的汽車，將要淘汰換新，當換一部新車之時，我們是歡喜呢？還是悲傷呢？老朽的身體像房屋喬遷，像破落的汽車汰舊更新，這是正常的過程，應該可喜，不是可悲！

王又藍秘書長想起在『佛教的人生觀』提到：「人的一期生命不過數十寒暑，當一期生命結束後，人又將何去何從呢？有人以為人死如燈滅，一了百了；其實燈雖熄了，只要電源還在，換上燈泡，電源一開，燈仍會光亮。」《法華經》云：「諸苦所因，貪欲為本。」人因為有慾望，所以有種種煩惱。貪欲讓有情眾生，在六道中生死輪迴不已。

3-12 基金設置 利弊分析

回想 2000 年初，台灣有志之士推動綠色能源，或稱新能源、再生能源發電，結果在立法院碰一鼻子的灰，甚至還要面對被民代索賄的不堪際遇，因為一群短視的民意代表，當時在立法院的殿堂之上，大聲嚷嚷吆喝說：『台灣既不缺水、也不缺電，何來發展綠色能源？』如今台灣面臨水庫見底的乾旱缺水窘境，而 2021 年五月某一天無預警發生全台大規模停電事件，造成民怨沸騰，讓那些曾經努力推動綠能的專家看來，真是既有今日，何必當初？

『當年的未雨綢繆，難道有錯嗎？』協會的洪樂天理事長在一個餐會上，感慨地告訴周遭的好朋友：『沒有高瞻遠矚的人，不配當一個政府的領導人啊！』台灣是個海島國家，極度缺乏能源，99% 以上的能源仰賴進口。為確保能源供應穩定，提升我國能源供給安全，減低對化石燃料的依賴，並減少溫室氣體排放，發展再生能源勢在必行。

經過八年抗戰，才在立法院通過的《再生能源發展條例》，值得國人省思。其立法宗旨，主要是推廣再生能源利用，增進能源多元化，改善環境品質，帶動相關產業及增進國家永續發展。法案中明文規定，未來再生能源發電裝置容量將新增 650 萬瓩至 1,000 萬瓩，相當於 2.5 到 3.5 座核四電廠之裝置容量，大幅提升台灣再生能源發電配比，其發展制度乃藉由再生能源電能義務併聯躉購機制、示範獎勵補助及鬆綁法令限制等方式，提升民眾投資設置再生能源之意願。

台灣法律中定義所謂再生能源是指太陽能、生質能、地熱能、海洋能、風力、非抽蓄式水力、國內一般廢棄物與一般事業廢棄物等直接利用或經處理所產生之能源，或其他經中央主管機關（即經濟部）認定可永續利用之能源。其中一個有趣的議題是：為有效建構我國再生能源發展環境，再生能源發展條例規定設置基金制度。傳統石化能源與核能，由於未充分反映其環境影響之外部成本，因此向傳統能源產出者課徵費用作為基金來源，以達成傳統石化能源及核能外部成本內部化的目標。

依再生能源發展條例規定，電業及設置自用發電設備達一定裝置容量以上者，應每年按其不含再生能源發電部分之總發電量，繳交一定金額充作基金，作為再生能源發展之用。至於裝置容量門檻及繳交金額，則中央主關機關訂立。電業或是設置自用發電者依本條例繳交基金者，經中央主管機關核定後，得將繳交基金的費用，附加於其售電價格上。條例第 7 條第 5 項規定得將繳交基金費用增加之成本反映制電價，但應於報請主關機關核定後，以附加價格列於受電價格上。

換言之業者增加之成本費用可反應於電力售價，由全體用電戶共同承擔。但條例亦規定，必要時，基金亦可由政府編列預算撥充基金的用途可以用在再生能源之電價、設備補貼，示範補助、推廣利用，及其他經中央主管機關核准再生能源之相關用途。

秘書長王又藍，針對再生能源發展基金的設置引發社會許多爭議，包括業者增加之成本費用可反應於電力售價，由全體用電戶共同承擔是否合理？及基金的設置資金來源？及編列預算支應等問題，特別舉辦論壇，希望釐清問題的焦點。

『應該把台灣的油、水、電市場都開放，自由化之下，油、水、電價才不再是政府的政治責任，也才有合理上漲的空間。否則依現在的政治環境，台灣的油、水、電價要漲到合理價格根本是不可能的事。』中華經濟研究院林姓專家苦口婆心大聲呼籲。

私立大學的王教授則強調：「再生能源之補貼經費來源依法可設置再生能源發展基金，除了編預算外，可對非再生能源課稅或者調高電價因應。台灣的電價與日、韓比較都便宜，因未列入汙染環境之成本及對健康之影響 ，若能合理調整電價，既可發展潔淨之再生能源，亦可達成節能減碳之目的。」

「設立基金以有限財務補無限錢坑，不可行。而基金來自相關業者及政府編列，應用於最所必要、最有效率之處。至於補助一般電費則不符公平正義。」國家政策研究基金會陳姓研究員發表看法。

國立大學黃教授認為：「我國立法中同意成立再生能源發展基金，對傳統燃煤、燃油等課稅，用來補貼具有外部效益的再生能源；同時基金對發電廠得轉嫁，即允許提高電價，所謂全民買單，並不合理。」

『經濟部能源局會依照當年申請數量及預計再生能源之收購量，決定基金的金額，因此再生能源基金的籌措不會有問題，也不會有資金短缺情況。雖然再生能源發展條例通過後，以台電立場，希望能將繳交再生能源發展基金的費用立即反應轉嫁電力消費用戶，但是台電是國營事業，無法自行決定漲電價，必須由政府決定。2010 年台電繳了二億多元給再生能源發展基金，而申請補貼收購再生能源電價價差的金額只有 1300 多萬元。』台電公司的彭姓主管如此回應。

3-13 台電角色 電價爭議

在台灣推動綠能發展，台電扮演相當重要角色。因為我國「再生能源發展條例」中規定，台電公司有強制併聯再生能源電能之義務。而我國僅台電一家輸配電業。同時政府課徵再生能源基金，用於補貼，並得反映於售電價格上。由於台電公司既是輸電業也是配電業者，外界對其球員兼裁判角色有不同意見。

觀察德國卻有 4 家輸電業，以及約 900 家配電業，負有併聯及躉購電能之義務，並依法定費率支付費用，其成本亦直接反映電價，轉嫁消費者，其背景環境與我國並不相同。此外，「再生能源發展條例」通過施行以來，業者向台電公司併聯電網易遭刁難，且行政程序繁瑣冗長，常常遭到詬病。

綠能協會舉辦公聽會，並以我國電價相對其它國家偏低，且再生能源收購價差得轉嫁消費者負擔，電價是否應合理化等問題，提出激烈討論？

光電公司董事長張禎強調：「台電公司本身是電力供應商又是收購電價者，換言之台電的角色扮演是球員兼裁判，會有利益衝突。建議應該由行政院環保署來主導參與才會公平並重視綠色能源的存在價值。」

風力公司副總經理王穎表示：「我國台電公司未民營化，有國營事業的特殊背景，在再生能源電能收購角色上既是輸配電業者又是發電業者，成為外界批評的球員兼裁判；反觀國外制度相當的清楚，角色不會混淆；德國就規定輸配電業者若轉投資發電廠超過百分之五十股份則不適用新能源優先法，避免球員兼裁判情況發生，彼此沒有競爭關係。」

「台灣的全國電力網掌握在台電公司。目前立法規定再生能源業者產生的電，台電有併聯的義務，但台電會擔心供電的穩定性。不過由於目前收購電價的價格，是由躉購費率委員會決定，故台電不算是球員兼裁判，但是台電在簽約過程及申請相關作業程序上有很多刁難，才是目前業者的最大障礙。」台北大學經濟系教授邱惠玲點出問題之關鍵。

工研院綠能所趙哲聰認為：「台電公司並非球員兼裁判，只是心態上比較保守，擔心再生能源併聯之供電品質不穩定，因其職責主要在確保國內供電安全及穩定性。」

台電公司電源開發處林妙生則為台電角色辯護。他說：「台電公司角色多元化，既要開發再生能源又要收購再生能源，完全是政策之要求，再生能源發展條例通過後，規定台電公司有併聯義務，而且收購再生能源電價非台電所決定，若被外界批評為球員兼裁判，台電覺得很不公平亦很無奈。」

綜合學者看法是：台電民營化及電業自由化已是政府既定的政策，當台電民營化後，或是有新的民營電業可以提供電力網服務時，經濟部還能以「行政指導」主導再生能源的收購年限嗎？以國營事業內部的一個作業要點作為建構我國再生能源環境的重要規範基礎之一，這樣的立法思考有欠周延。

關於電價合理化問題，依據經濟部能源局數據，2008 年我國市電價格為每度 2.67 元，而 2008 年德國市電價格換算新台幣為每度 10.4 元。我國電價是否該反映成本？

太陽光電業者杜以明認為，我國再生能源發展遲緩的主因，是傳統電價太低，再生能源價格無法與其相抗衡，因此我國電價是否應合理化，政府與民間有不同的見解。

「壓抑電價不能反映實際成本，建議電價須反應成本，既可以助於節約能源，又可促使再生能源發展有好的動力，否則全民幫大戶付費，反失公平。」國家政策研究基金會永續發展組研究員周法理大聲疾呼！

經濟部能源局官員王淇銘回應：『德國是只要收購多少再生能源，就全反映到電價上，對民眾生活影響很大，台灣的推廣方式較不同，以循序漸進的方式來推展，未來才可以用較低價格取得最多的再生能源發電量，民眾電費負擔也不會一下子太沉重。』

「我國傳統電力之購價為 2 元多，為東南亞最便宜。汽電共生及部分火力之高成本發電，由台電高價補助，不符全世界發展潮流。建議政府應調升傳統電價，對不符潮流的發電技術應整體的檢討，並全面性補貼潔淨能源。」光電董事長張禎雄不客氣地指出。

風力公司副總經理王穎強調『台灣再生能源發展遲緩的主因，就是電價太低，甚至比天然氣發電還低，誘因不足。不合理的電價，讓台灣永續能源的發展無法起步，導致空有再生能源立法卻無實績之後果。』

所謂真理越辯越明，產官學大家在這次公聽會中互相激辯中，激出更多火花，給相關官員上了寶貴的一課。

綠能風暴

陽光屋頂百萬座
太陽光電校正實驗室
PV模組冰雹衝擊試驗系統
工研院量測中心太陽光電測試實驗室

第四部 縱橫天下

4-1 德國綠能 值得借鏡

台灣再生能源發展條例之立法，民間團體催生法案，沒有送政治獻金，一路走來跌跌撞撞，歷經八年奮戰，2009 年 6 月 12 日在立法院三讀通過，完成立法程序，當年七月公布實施，但仍然引起社會一些爭議。

因為台灣仿照德國採取固定電價收購的補貼政策，只學習了半套，難怪當時的行政院環境保護署張署長公開呼籲：我國的再生能源發展策略應比照「德國模式」，那就是透過「補貼」、「投資保障」等方式，吸引民間業者投入再生能源開發，並於「保障期間」以「固定電價」收購，日後隨技術進步與發電成本的降低，再按比率逐年調降收購價格。

署長認為，不能以現行按類別「設限」的補助方式，造成國內業者「西瓜偎大邊」，全部往補貼額度最高的「太陽光電」集中，造成許多地區的農地水塘都改頭換面，開始整地安裝太陽光電板「種電」。

王姓學者在公開的論壇會議中強調：「台灣再生能源發展條例之立法，雖仿效德國立法，例如併聯及收購義務等，並且採取與德國相同的立法架構，以期提供再生能源發展的誘因，但綜觀條例所有條文，並不包含擷取德國再生能源法最重要的成功公式，即保障一定時間的法定收購義務。」

學者說：「我國現行公式費率訂價則有彈性調整的特性，亦能反映通貨膨脹等不確定風險之成本增加，但增加融資風險評估之困難，較不利於初期投入業者之籌資。」

洪樂天理事長認為：「德國之敢於大力發展再生能源，固然有先天之自然與科技條件因素，但更重要之原因，為其已經領先世界，具有產業發展輸出取得經濟與商業利益霸權之優勢性。其他國家一般難以學習。」

回顧德國發展綠能的歷史，2000 年 4 月 1 日德國的「再生能源法」正式實施，其立法目的主要在促進能源供應之永續發展及保護氣候與自然環境，並經由此目的之達成，進而降低能源成本、減少使用化石燃料，以及提升再生能源發電技術的發展。

德國法案條文主要特色：以固定電價收購與 20 年保障收購期間躉購再生能源電能，包括（1）於法律中明定費率。（2）考量技術進步與商業化成本已降低，規定費率自實施年度起按一定比例逐年遞減。（3）明定訂每 4 年檢討一次。（4）除風力與離岸風力外皆訂有容量級距。（5）風力與離岸風力採前高後低差異費率。

經過四年的實施評估成效後，2004 年德國修正「再生能源法」係修訂後的各類再生能源個別訂定的躉購費率，修法也確立 2010 年再生能源電力總消費量達 1 2 . 5% 以上， 2020 年 20% 以上的政策目標。

德國「再生能源法」的政策成功，使該國再生能源開創長遠發展的契機，尤其風力發電的成長速度驚人，

2003 年裝置容量達 14,609 千瓩， 躍居成為全球第一大風力發電國家 ，2005 年底風力發電裝置容量達 18,473 千瓩，將近第二名西班牙 10,027 千瓩的兩倍。

另外，德國於 1999 年推動「十萬屋頂計畫」對不同發電裝置容量的系統，給予不同等級的貸款補助，加上「再生能源法」的助益之下，平均年增率高達到 54.85 % 完全達成甚至超越計畫目標，2004 年底裝置容量達 794 千瓩，僅次於日本的 1,132 千瓩，為世界第二大太陽光電市場。

令人驚訝的是，2004 年德國再生能源相關產業，總產值已超過新台幣 7000 億元，其中風力最多占約 50 %、生質能 28 %、太陽能 14 %。同時，也明訂再生能源占能源比率之目標，2010 年至少須達到 12.5%，2020 年至少須達 20 %，到 2050 年則須達到 50 %，列出目標期程表，有助於產業界配合推動。估計每年可減少二氧化碳排放量約 6000 萬公噸，推動再生能源之際，也創造十幾萬個工作機會。

2009 年底，德國再生能源占最終能源總消費自

2000 年的 3.8％成長至 10.1％；再生能源發電裝置容量累計 45,310MW，再生能源發電占電力總消費則自 2000 年的 6.4%成長至 16.1% ，2009 年全年減少 108.6 百萬噸溫室氣體排放，其發展成功經驗成為全球競相學習模仿之典範。

德國聯邦政府再生能源推廣政策目標既堅持且明確，費率計算公開且透明，政府提供完善的融資管道及市場誘因方案，為德國再生能源得以蓬勃發展之重要關鍵。值得注意的是，德國衡量再生能源的技術進步及投資成本變化之可能性後，設計再生能源電能躉購費率遞減機制，以使整體社會資源之配置能更公平，且符合經濟效率。

4-2 光電交流 借鏡日本

德國發展綠能有傲人成績，讓人羨慕。而亞洲國家中有「太陽之國」稱號的日本政府，把發展太陽能，當作是重要的國家政策發展項目，因此在 2004 年，是全球第一大太陽電池生產國及太陽光電安裝國。日本人認為，太陽光遍布全球每一個角落，免費又環保，若不利用這個天然資源，真是暴殄天物。

有鑑於此，有一年，秘書長王又藍結合民間專業的大澄展覽公司及貿協，一起號召會員企業，由協會理事長洪樂天率團，前往日本考察太陽光電的市場，希望他山之石，可以攻錯。並鼓勵參加在東京舉辦的太陽光電展覽會。

東京舉辦兩年一次的太陽光電展覽會，吸引全球不少綠能企業參展，台灣除少數綠能大廠外，參展廠商被規劃有一塊專區，提供業者作為宣傳平台，雖然當時規模不大，但是可以提高台商能見度，也是很不錯的機會。

東京展覽會場，到了中午用餐時間，廠商及工作人員大都蜂湧而出，現場商店普遍人滿為患。一般來說，要找個定點坐下來用午餐，的確是一大考驗。很多企業人士乾脆在超商排隊買速食，以解決民生問題。

大澄展覽公司吳進吉總經理則負責包辦參訪日本光電公司行程安排。由於日本企業對台灣參訪企業名單非常謹慎，擔心有所謂『間諜』企業混進團體，因此行前一一仔細過濾企業名單，即使到達日本公司參訪當地現場，仍小心翼翼再度核對名單人員是否無誤後，才准予台灣企業入場參觀及參與座談，把台灣綠能企業參訪團的氣氛，弄得有點緊張兮兮。

吳進吉總經理安排晚上台日企業聯誼酒會，服裝上要求非常嚴格，不但要很正式西裝，一定要打領帶，算是入境隨俗，儘量符合日本人的禮節。有些已經習慣穿著自在隨意的老闆，略顯得有點不適應，必須配合，只有苦笑。

在日方簡報過程中，詳細說明日本推動綠能的決心。1974 年發生石油危機，日本提出新能源技術開發計劃，代稱「陽光計畫」，核心內容是太陽能開發利用，同時也包括地熱能開發、煤炭液化和氣化技術、風力發電和大型風電機研製、海洋能源開發和海外清潔能源輸送技術，以因應石油危機。

日本是全球能源消費大國，也是能源效率最高的國家之一，其致力推廣的再生能源主要包括：太陽能、風力發電、廢棄物發電、溫度差能源等。

日本原先並無訂定專法推廣再生能源應用，僅以計畫方式補助太陽光電等之設備投資，並規定太陽光電之收購電價，風力發電等再生能源則由電力公司各自訂定收購價格。直到 1994 年日本通過「新能源導入大綱」，成為日本新能源發展之政策基礎，也確定 2010 年占日本全國能源供給 3% 的政策目標。

為促進新能源產業發展，日本採取系列財稅政策和監管政策。日本對新能源產業的補貼有多種形式，包括對研發的補貼、對家庭購置新能源設備的補貼、對新能源投資項目的補貼等。1980 年代，日本開始對小規模的風電進行補貼。從 1994 年開始，爲保證新陽光計劃的順利實施，日本政府提出每年爲此撥款 570 多億日圓，其中約 362 億日圓用於新能源技術的開發，預計該計劃將會延續到 2020 年。

台日企業交流座談中發現，1997 年日本實施「促進新能源利用特別措施法」，經由低利貸款、降息、貸款保證和應用於新事業上之各類資訊和專業技術的提供，促使再生能源導入市場，獲得蓬勃發展的條件。

日本 2004 年是全球第一大太陽電池生產國及太陽光電安裝國，佔全球總產量之 54.46%；2004 年累積裝置容量達 1,132 千瓩，遠超過第二名德國，日本太陽光電的成功可歸因日本政府實施「住宅用太陽光電系統補助計畫」及電力公司實施「淨電表計量法」，以鼓勵民眾使用太陽光電系統。

自 1994 年起補貼太陽光電設置費用的 50%，1994 年至 2000 年間補助達 57,000 套系統，日本自 2004 年 3 月起已將補助金額調降 50%，但是申請補助的件數並未減少，顯見太陽光電推廣己見成效，達到市場規模的經濟效益。

從 1994 年到 2005 年，日本政府對住宅用的太陽光發電實施補貼，累計補貼總額達 1322 億日圓。這項措施有效刺激了太陽光電的市場需求，與補貼前相比發電的利用量增長了 6 倍，而太陽光發電系統的安裝成本由 1992 年的每瓦 370 萬日圓降到了 2007 年的每瓦 70 萬日圓。

在2007、2008年暫停了家庭太陽光電發電補貼後，日本太陽光發電裝機增速明顯放緩。日本在2009年1月又推出新的補貼措施，即使在金融危機的背景下，太陽光電裝機出現了顯著增長。

另外，2001年以來，日本開始實施”綠色電力證書” 制度，申請數量逐年增加。在該制度下，電力用戶要根據所需要的電力向認證機構購買綠色電力證書，由此獲得的收入將會提供給發電單位，以用於再生能源的普及推廣。

購買綠色電力證書的企業可以在其產品上使用綠色環保標示，從而借此提升企業形象，而購買綠色電力證書的成本可以計入損失。此外，即使是自用的再生能源發電，也可以進行估值，從而轉換成綠色電力證書。2008年9月，日本開始向引進太陽能發電系統的家庭頒發綠色電力證書，以推動普通家庭採用太陽能發電。

4-3 上海世博 參訪交流

除了日本值得借鏡學習外，與中國大陸之綠能企業交流，也是綠能協會的重要任務。2010 年在中國大陸上海舉辦世界博覽會轟動一時，那是第 41 屆世界博覽會，於 5 月 1 日至 10 月 31 日在上海市盧灣區（今黃浦區）和浦東新區舉行。為了安全起見，上海市區搭乘地鐵的民眾，要經過嚴密的檢查，有如出國機場的出入檢查規格。

上海市內讓人印象最深刻的是，隨處可見世博會主題標語「城市，讓生活更美好（Better City, Better Life）。經過全球媒體的大肆報導，參觀上海世博會成為一個流行趨勢，感染著每一個人。

綠能協會也聯合其他民間組織藉此機會，積極佈署綠能交流，由秘書長王又藍組團前往參訪世博會。同一時間，協會選擇當地高檔飯店，邀約兩岸綠能業者舉辦交流座談，並鼓勵台商參加當地舉辦的綠能展覽會，增加曝光度，吸引起廣大關注。很多企業界老闆對此行印象良好，滿載而歸，也對促進兩岸之交流做出貢獻。

雖然上海舉行的綠能展覽會，參展廠商規模並不大，但是對台商來說，也是一次很好的相互觀摩學習機會。

令人矚目的上海市博會場地位於南浦大橋和盧浦大橋之間，沿著上海市區黃浦江兩岸進行布局。世博園區規劃用地範圍為5.28平方公里，其中浦東部分為3.93平方公里，浦西部分為1.35平方公里。收取門票範圍約為3.28平方公里。粗估投資總額達300億元人民幣，規模約528公頃，是世界博覽會最大規模的一次。

上海世博會是中國首次舉辦的綜合性世界博覽會，共有256個國家、地區、國際組織參展，吸引世界各地七千多萬人次前往參觀。由於有些熱門館現場需要大排長龍或先預約，有的要等待數個小時才能進入參觀，有部分人士不願意排隊或插隊，造成守法人士的反感，這是美中不足之處。

其中，上海世博會台灣館是上海世界博覽會以臺灣為主題的展覽館，外觀為高約20公尺的巨型玻璃天燈，內有球體螢幕播放臺灣的山水風貌與人文地景。台灣上一次在世博參展是 1970 年於日本大阪舉行的世界博覽會；相隔 40 年後，台灣再度參與世博。台灣館將主題定為「山水心燈：自然、心靈、城市」，也受到歡迎。

台灣館則在展期結束後，建築拆遷回台灣永久保存，新竹市政府得標後，經過兩年的興建，世博台灣館於 2013 年 2 月 21 日在新竹市開館營運。2016 年 6 月 30 日，因經營不善，新竹世博店結束營業。

其他世界各國的展館，例如中國館、歐洲國家等都分別有不同的特色，凸顯各國其國家文化特色背景及經濟發展實力，吸引遊客願意排隊等待入內欣賞。

除了參觀世博會外，綠能協會安排兩岸綠能企業進行交流座談，彼此熱烈討論未來趨勢，台商紛紛顯露了很滿意這次的規劃，覺得對大陸的綠能發展有不同的視野。

按照大陸「國務院」的部署，2011-2020 年「新興能源產業發展規劃」以及「十二五」能源發展規劃，共同建立十年大陸能源發展的架構。在規劃中不僅包含了先進核電、風能、太陽能和生物質能這些新的能源資源的開發利用，傳統能源的升級變革也將成為規劃的重點。

4-4 採訪秘辛 苦樂參半

兩岸企業交流與觀摩，讓大家開開眼界，學習對方長處優點，是個美好的回憶。王又藍秘書長每次前往大陸訪問，不經意間，總會想起當年在報社，採訪兩岸政治新聞及台商在大陸發展的艱困經驗。記得曾經因轉機誤點，睡在香港機場板凳上的無奈經驗，幸好當時有華航友人，送來毛毯溫暖身體，免於挨凍。

尤其讓王又藍記憶深刻的是，有一年冬天，前往北京之中南海，採訪當時轟動兩岸的所謂『九二共識』新聞，更是生命中難忘的採訪經驗。有

中南海 兩岸會談

一段時間，海基會、海協會的互動新聞，經常成為媒體報導的焦點。

當年代表我方海基會負責談判的是擅長溝通的一位資深陳姓律師，當年會議中和海協會達成的『九二共識』，所謂『一個中國，各自表述』的結論，傳回台灣政壇引起廣大的討論與迴響。

那年舉辦海峽兩岸之談判，被相中談判場地是有名的『中南海』。那是大陸重量級高官聚集的會議場所，因此門外戒備森嚴，走入大門後，四周環境異常清幽，花草扶疏整潔，到處是廣大的池塘，及各式各樣美麗花園，散落期間，佔地幅員非常遼闊。

最苦惱的是，中南海內部舉辦會議，大會堂或會議室之間相隔很遠，那個年代，記者若要傳真發稿回台灣，要走上很遠的一段路，才能抵達指定會議室傳真，是件極為艱辛的差事。但為了完成工作使命，王又藍及一些敬業記者們，必須忍受在寒冬下，快速趕在截稿時間之前，完成文稿傳真回媒體的苦差事。

媒體採訪團記者們和兩岸談判雙方代表，因下榻入住及開會會議的酒店不同，使得記者們必須使出渾身解數，各顯神通。

有一個夜晚，人緣不錯的王又藍好不容易打聽到雙方談判代表的秘密會議地點，於是不敢打草驚蛇，一個人靜悄悄地前往酒店，避開眾人耳目，果然挖到獨家新聞。這是他非常得意的一次獨家新聞傑作，內心充滿喜悅與驕傲。遺憾的是由於訊息涉及機密，無法對外透露，只能發布內部參考消息。

兩岸談判為期十天的採訪結束，大陸方面安排北京故宮一日遊，但十一月的北京異常寒冷，加上天天工作緊張疲憊，放鬆下來後，王又藍卻因感冒不適，走馬看花參加旅遊行程，內心卻很想早日返回台灣，好好調養休息。

人前風光亮麗的無冕王，是很多人嚮往且羨慕的記者生涯，生活多采多姿，其實背後充滿挑戰。有年輕人曾問資深媒體人王又藍，如何成為一位敬業且專業、受人敬重的記者？應該要具備甚麼條件？

門禁森嚴的中南海

曾經對新聞工作充滿熱情的王又藍回答：『具備天生的新聞鼻，對新聞的敏銳度要高。除要有敬業精神、耐人的毅力、思想敏捷、文筆順暢、精準迅速完稿能力外，還要有對抗惡勢力，揭發真相的道德勇氣、抗壓性強等。』記者生涯背後的辛酸與挑戰，不足為外人道也。

台灣的海基會是當年政府委託學術研究單位，規畫將近兩年才成立，其幕後功臣是兩位學者及一位律師。由於海峽兩岸四十年來始終雞同鴨講，沒有共識，而大陸始終堅持「一個中國」，造成各說各話。因此當局決定委託學術研究，規畫成立仲介團體~海基會，可以和大陸的海協會成為對話窗口。希望在互惠互利的架構前提下成立，因此才有後來兩岸事務包括探親、旅行、文書驗證等一連串民間事務交流，及後來引起廣大關注的辜汪會談，相信將來歷史會肯定我們的定位。

兩岸會談 媒體採訪

4-5 風力電廠 敦親睦鄰

《再生能源發展條例》經過八年抗戰，終於通過立法，鼓勵民間業者從事綠色能源發電，希望對台灣長遠的能源發展，有更大的貢獻。畢竟台灣能源缺乏，發展綠能是個不錯的選項，只是發展初期，成本高昂，各界普遍不看好。

在台灣除了要有母法鼓勵業者從事綠能投資之外，民間的配合仍有一些阻力，讓業者傷透腦筋。外商風能業者總經理丁紫梅經過長期的觀察，決定在彰濱工業區附近設置風場進行風力發電，可是當地民眾卻百般阻撓。剛從大陸返台的王又藍被業者邀約前往公聽會現場。

公聽會上，當地民眾說:設置風電廠將會破壞環境，因為風力發電機的葉片轉動噪音很大，不但會嚇壞鳥兒，也會對居民造成極大噪音困擾。

風能業者總經理丁紫梅不以為然說：『設置風力發電對環境是友善的，怎麼會對環境造成傷害？』民眾卻不斷發聲強調，因為風機運轉噪音實在太大，堅決反對設置風場。

公聽會最後各說各話，沒有達成共識，不過彼此建立溝通管道，有助於問題解決。王又藍秘書長私下和彰濱工業區當地居民溝通，終於明白了，他們要求如果業者願意支付一筆敦親睦鄰費給居民，反對聲浪可望消彌無形。

外商風能公司與民眾代表經過多次協商，公司決定支付彰濱工業區附近居民一筆敦親睦鄰費，事情終於順利進展，平息這場風波。

諸如此類的事件層出不窮，綠能業者疲於奔命，不但風能發展有各項挑戰，太陽光電的發電問題，也是問題一籮筐。其實在台灣發展綠能，在各界沒有建立共識之前，的確是一場漫長艱辛的道路。

4-6 養水種電 亂象叢生

曾經有好一陣子，在台灣南部有一群企業或民眾，風迷『養水種電』？而養水種電究竟是甚麼？經過媒體報導，發現原來那是屏東縣政府在莫拉克颱風後自創名詞。

「種電」是指利用低窪農田，架設太陽能板收集太陽能量，猶如田裡「種」出電；「養水」是指林邊、佳冬當地多屬地層下陷區，希望藉著發展再生能源，讓土地休養生息，重新涵養水源。

屏東縣林邊、佳冬一帶，有一片太陽能板從田裡冒出來，這一帶的「種電」區廣達四十三公頃，是當時全國最大太陽能發電區。2009 年莫拉克風災重創屏東林邊、佳冬一帶，不少漁塭、果園沖毀，很難復原，縣府人員說：「一定要切斷地層下陷區抽地下水的惡性循環不可」。

經濟部能源局的專案在歷經考驗後，終於通過屏東「養水種電」計畫，開啟一個對土地不一樣的想像。在地層下陷區的惡地種電，誰是贏家？農民租地給太陽能業者，可以讓土地休養生息；如果農民願意，業者還可以提供工作，「國土可復育、農民有收益」；最重要的，抽地下水的惡性循環可暫歇。2011 年 7 月起，太陽能業者陸續進場施工，到當年底止，養水種電區已達四十三公頃，總計有 150 名地主加入；這裡的土地不種蓮霧、不養魚，而是架起太陽能光電板「種電」。

剛開始吸引有數家企業在養水種電區進駐，有的規劃上層是太陽能面板，下層種咖啡或蔬菜，讓土地利用更多元。有趣的是，竟有日本業者到這裡考察，希望將「養水種電」運用到災區。

到了 2019 年有一家大公司的奈米新廠耗電量大，加上蘋果等國際大公司對綠電要求更高，傳言這家大型財團計劃要砸 500 億，在屏東興建台灣規模最大的太陽能電場，地點是台糖「林後四林平地森林園區」，附近，立即引起外界對砍樹種電的恐慌。

第一階段，傳言台糖準備拿出230公頃土地來招標，作為營農型太陽光電園區。南部環保團體舉行記者會，強烈反對砍樹種綠電。

以環保尖兵自居的老劉，氣急敗壞告訴媒體：『好不容易花了十幾年歲月，把那些樹、整體環境培養起來，砍樹簡直是無法無天。難道綠電就是很環保嗎？』

砍樹後，蜜蜂、蝴蝶還會來這個地方嗎？到處都是光電板、金屬、水泥，還有遊客會來嗎？本來高雄、屏東工業區飄來的空污，會被這些森林淨化。如今若把樹砍了，對身體會產生危害，真的很令人擔心。

賣土地給財團種電養地的質疑，在居民間流傳。

台糖回應說，絕不會賣土地，台糖要只租不賣、收土地租金，公開招標時還設定條件要分紅，有賺錢台糖要分，採公開競標、不獨厚特定廠商，誰給台糖條件最好，誰就得標。專家擔心：屆時台灣農地種電是門好生意，光靠發電收入，8到10年就可回本，剩下12年都是賺的，因此有不少光電業者偶爾整地，光電下種些蕨類、菇類，維持「農地農用」表象，政府更曾多次掃蕩假農業真種電的亂象。

台灣要的是綠電，而不是非砍樹不可，環保人士呼籲：「台灣並不缺鋪蓋太陽能光電板的地方，砍樹種電只是徵用農地便宜行事、降低成本的藉口，貿然砍樹種電，農業未必起得來，犧牲的卻是居民生態、生計，以及與環境共好的機會。』

4-7 發展綠能 挑戰重重

雖然我國再生能源發展條例已經立法通過，不但向國際社會宣揚台灣重視環境、生態、永續的未來，藉由增加經濟面的誘因與排除技術面的障礙，將可使再生能源成為民眾生活的一部份，帶動全民設置之新風潮，進而改變民眾生活樣貌。

不過，王又藍秘書長憂國憂民，針對我國發展再生能源的諸多困境，前往經濟 部能源局和承辦相關業務簡專委，輕鬆喝下午茶，閒話家常。因為業務往來多年，彼此已經成為朋友，可敞開胸懷談心。

簡專委說：「再生能源供電相對較不穩定，不足以作為基載電源：再生能源發展受限於自然環境因素限制，無法長時間、日夜不間斷提供電源，例如：風力發電需仰賴風能達一定風速以上；太陽能發電需達一定日照程度，始得運轉發電；水力發電除需仰賴水力匯集，亦須具備一定水流落差；至於海洋能發電，海洋溫差須達 20℃以上，波浪發電則需波能高於 10 kW/m 始具發展價值，國內僅台灣東北角及澎湖東邊具備發展條件。」因此，再生生能源通常係作為輔助電源，無法像核能、燃煤或天然氣等發電方式，可作為基載電源。

簡專委強調：「再生能源發展亦受限國內土地資源限制。再生能源一般單位土地能量密度較低，需仰賴較大的土地資源，例如太陽光電設置 1MW 需使用 1 公頃土地，風力發電則受限風機間距至少 200 公尺以上，且國內土地資源有限、山坡高山面積比例高，無法大量設置再生能源。另發展再生能源涉及土地利用問題，應同時考量國土規劃利用、糧食自給率等相關政策議題。」

值得關注的問題是：再生能源發電成本相較傳統化石燃料發電廠仍屬偏高，以 99 年台電公司發電成本為例：燃煤 1.59 元 / 度、燃油 5.11 元 / 度、複循環燃氣 3.18 元 / 度、核能 0.66 元 / 度。而 100 年再生能源躉購費率，太陽光電介於 7.3297 至 10.3185 元 / 度、陸域風力介於 2.6138 至 7.3562 元 / 度、離岸風力為 5.5626 元 / 度，仍較化石燃料發電成本為高。

聽完分析，王又藍秘書長喝了一口茶，再度向官員提出疑問：我們對再生能源未來發展，在策略上有設立短、中長期願景方向嗎？

根據「再生能源發展條例」的規定，經濟部將考量國內再生能源開發潛力、對國內經濟及電力供應穩定之影響，滾動式管理每兩年檢討一次，並適時調整長期目標，現階段再生能源推動策略，短期應以技術相對成熟且具經濟效益之再生能源，例如陸域風力發電等為主；中長期則基於國內離岸風力發電之潛力較高列為優先推動重點，至於太陽光電因現階段發電成本仍遠高於其他再生能源，應依據國內場址設置條件與民眾電費負擔能力，審慎規劃各階段可行的設置目標，以達成國家節能減碳目標。簡專委語重心長提到上述未來願景目標。

4-8 疫情擴大　停電風波

病毒無國界，新冠肺炎病毒（COVID-19），其殺傷力巨大無比，足以摧毀人類信心，給世界帶來莫大的恐懼與傷害，甚至是死亡。

推動綠能之初期，2003 年曾發生 SARS 事件，當時台灣和平醫院封院的記憶猶新，台灣民眾陷入恐慌，發生大排長龍搶購民生物資之亂象。2021 年至 2022 年的冠狀病毒（COVID-19）肆虐，全球危機四伏。

專家提醒：世界從神權走到生權，一切眾生都有生存的權利。與其說全球冠狀病毒帶來之疫情，是場災難，毋寧說病毒是要提醒我們，地球上每一個生命，都是平等的。藉此糾正人類的錯誤思想，若我們能夠藉此教訓，改變過去獨大的思想，疫情所帶來世界的浩劫，終有結束的一天。

有人說，我們的地球生病了？藉著全球病毒的入侵，人類以外的有情眾生，卻可以得到喘息休養，甚至活下來的機會。人類應該從錯誤心態中記取教訓，不然病毒將會不斷突變，捲土重來！

長久以來，人類自以為是，不懂得尊重其他的生命，不知道眾生平等，我們其實是生命的共同體。感謝病毒提醒我們，健康的可貴，回歸到家庭應互相照顧，團體互利互助的重要。

2020 年以來，台灣疫情比起其他國家，顯得溫和，還沾沾自喜，自稱是全球抗疫的『模範生』。但 2021 年五月中起，因為群聚感染擴大，造成疫情的急轉直下，造成民眾的巨大恐慌。

母親節過後，台灣本土疫情更加嚴峻，政府宣布進入全國三級警戒了，民眾外出一律要戴上口罩，可是讓人不解的是，有些人在路上依然不願意戴上口罩，難道是無感或腦筋不清楚。

進入三級警戒後，百業蕭條，民生經濟受到嚴重創傷，尤其旅遊業、餐飲業等服務業，衝擊最大。正當全球都以響亮的贈品，鼓勵民眾打疫苗之際，台灣卻發生讓人覺得荒腔走板的亂象？主要是國內疫苗嚴重短缺，有人質疑：政府編列八千四百億元採購進口疫苗，究竟錢到哪裡去了？既然疫苗缺乏，因此發生權貴或走後門等『偷打』疫苗被罰的事件，層出不窮。

民間團體、企業紛紛拋磚引玉，希望採購進口疫苗，最後排除萬難，終於獲得首肯。加上美、日等友邦國家，送來百萬劑以上疫苗，發揮互助精神，讓人好感動。專家提醒：擁有一顆清淨、善良、慈悲的一顆心，及為培養我們對每個生命生存權的尊重，若能夠不殺生，進而護生，相信對世紀病毒的入侵將會有緩和效果。

民眾每天觀看電視現場轉播的疫情記者會，心情彷彿觀看『選舉開票』，因為公布每個縣市的確診人數，大家繃緊神經。其中，以台北市及新北市的疫情最為嚴重，讓人捏一把冷汗。令人關注的是，苗栗電子業的移工群聚中鏢，成為焦點。因半導體貢獻佔台灣整體GDP 約 16%，特受矚目。科學園區公司每天都做快篩，員工形容簡直就像開獎一樣！

媒體人依芙與冠哲，都是電視台工作者，懂得彼此工作特性，交往多年後，有情人終成眷屬。之前他們為了綠能立法期間，民代索賄之獨家新聞，是否要曝光而苦惱，最後長官因為不支持等因素，只好放棄。

如今電視台為報導有關全台疫情的新聞，忙得不可開交。政府每天下午兩點的記者會，電視台記者前往實況轉播最新疫情實況，民眾每天守在電視機前觀看現場報導，擔心各地疫情是否惡化。

五月中起，一周內每天有百件以上的本土案例發生，後來有些大型醫院也紛紛發生確診感染事件，人心惶惶，讓經歷過 SARS 的人不禁感嘆：類似民眾搶購物資的非理性行為又再度上演了。

對於民眾瘋狂搶購民生物資行為，依芙與冠哲，有一天搭車，聽到下面的對話。

一位女性同胞感嘆：「賣場裡一堆人在排隊搶購物資，等待結帳時，並沒有遵守所謂安全距離，風險很高，難道不擔心會被感染嗎？」。

「搶購物資，等同再次幫廠商減輕庫存貨？」有人竊竊私語。

面對很多縣市發生輪流限水的氛圍，家庭主婦認為「如果缺水，要怎麼煮東西吃呢？」年輕人說：「第一次看到超市一堆人搶購，很嚇人！莫非政府考慮要宣布封城了？」

專家警告：「真的沒必要這樣搶購東西。老實說，這次會大爆發台灣本土案例嚴重，一定要了解其背後原因，及檢討防疫政策是否失當？』官方統計顯示，到 2022 年 11 月下旬統計，台灣因為疫情累積確診人數達 825 萬餘人。死亡人口更超過 1 萬 4 千餘人。

屋漏偏逢連夜雨，可憐的台灣老百姓，不但要面臨本土疫情爆發，卻因政府過去錯誤的能源政策，導致民眾還要面對五天內兩次輪流限電的危機與痛苦，酷熱高溫沒有供電，真是苦不堪言！

一場惡夢開始了！5 月 13 日大停電民眾餘悸猶存，5 月 17 日則因台電興達電廠人為操作失誤，造成機組跳機、全台停電影響達 400 萬戶，因興達電廠的其中一個燃煤機組再度因為故障跳機，雖然已經重新啟動，但整體發電量不足，台電透過簡訊發布部分區域緊急停電通知，執行緊急分區輪流供電，停電方式將和 5 月 13 日大停電相同，由電費單屬於 C、D 區輪流。

台電卻解釋，一般是下午一、兩點為用電高峰，因此興達 1 號機故障後，先以抽蓄水力全開來調度，但沒有料想到，由於疫情關係、加上天氣炎熱，民眾晚上在家吹冷氣，住宅用電量下不來，「這是很反常的現象」；而白天支援 8% 以上供電的太陽光電到晚上就歸零，水力發電也在晚間 8 時發電能力就用完，因此影響部分用戶停電。

台電發言人：『因電力負載大，「從來沒發生過這樣的情況」，台電正在緊急處理中，希望在 1、2 個小時內能夠解決。』

早在 2014 年，當時經濟部長已經預言，2021 年台灣一定會發生限電。他說「：原先計畫以核四取代除役的火力發電廠，但在核四封存後，台灣發電的備用容量率將只有剩下 5.4%，勢必面臨分區限電。」

他鐵口直言 2021 年一定會限電，沒想到卻真的發生了！令人不解的是：既然知道台灣未來一定會發生『限電危機』，為何有關機關卻無未雨綢繆，早日因應？是不能還是不願意或是咎由自取。

第五部 天書之謎

5-1 南普陀寺 尋覓天書

王又藍秘書長對好友蘇定命案處理，因警方偵辦進度緩慢，心中始終有罣礙，希望協助尋找線索。一天夜晚，阿亮與王又藍聚會中，因討論蘇定凶殺案情中，無意間提及，大陸有位高官，曾告知秘書長，傳說中大陸廈門有座千年佛教古剎，很有可能藏有天書，因此激發阿亮充滿好奇心。

為了尋覓神秘天書，阿亮與雪嬌及王又藍夫婦，在大陸友人的穿針引線下，終於來到廈門的南普陀寺。

南普陀寺是座擁有千年歷史的佛教寺廟，位於廈門市東南五老峰下，面朝海港，鄰近廈門大學，在廈門島的佛寺中居首位，在閩南和東南亞具影響力的佛寺。寺廟建築群依山面海，建築格局為三殿七堂，具有鮮明的閩南風格。

南普陀寺供奉觀世音菩薩，與浙江普陀山觀音道場類似，又在普陀山以南而得名，為閩南佛教勝地。在通往南普陀寺山路，可以看到金色「佛」字石刻前，阿亮及雪嬌一行等人開始進行普陀寺的探索之路。

阿亮他們在大陸朋友阿凱專業導覽下，了解到主要建築有天王殿、大雄寶殿、大悲殿、藏經閣等。兩旁有鐘鼓樓、禪堂、客堂、庫房，另有閩南佛學院，佛教養正院，寺前有放生池。

其次，天王殿前有廣場，廣場前為長寬均約 30 米的正方形放生池，和約百米長七八十米寬的蓮花池。蓮花池之週邊蓋有琉璃瓦頂的矮牆，東西設對稱重簷牌坊式山門，題額為“鷺島名山”，原中國佛教學會會長趙樸初所題。

他們一行到了大雄寶殿，是整個寺院的中心，具有典型的閩南佛殿的特點。看到釋迦牟尼佛佛像，莊嚴無比，佛陀是我們這個娑婆世界的教主，誠如《維摩詰所說經》言：佛以一音演說法，眾生隨類各得解，不著世間如蓮華，常善入於空寂行。

大悲殿呈八角形，中間藻井由斗拱層層迭架而成，無一根鐵釘，構造極其精巧；殿內正中奉祀觀音菩薩，其餘各面為 48 臂觀音，造型優美、姿態多樣；因閩南信眾均崇奉觀音菩薩，香火鼎盛。

王秘書長是虔誠佛教徒，看到大悲殿觀音菩薩，想起古德言：人身難得今已得，佛法難聞今已聞：此身不向今生度，更向何生度此身？

然而藏經閣這個寶藏之地，可能是神秘天書的落腳處，是他們此行很重要且需要深入探索之地。

藏經閣興建於 1936 年，為二層小樓，樓下為法堂，樓上為玉佛寶殿。藏經閣位於中軸主體建築最高層，歇山重簷式雙層樓閣。上層藏經，下層法堂。閣樓上下層，三面台廊回護，圈以白石雕欄。

南普陀 藏經閣

阿亮問朋友阿凱：藏經閣可以仔細參觀嗎？我們希望停留時間比較長些是否可行？

阿凱：因為我和寺方有特殊交情，可以商量，比一般的人停留久一些，但是也必須在當天晚上六點之前離開。

既然藏經閣停留時間有三個鐘頭，阿亮等人特別留下來仔細觀看藏書，希望能幸運地找到天書這個寶藏！

閣內藏著大量佛教典籍和文物字畫，如明版《大藏經》、影印宋《磧砂藏經》、明崇禎年間 (1628 ~ 1644 年) 血書的《妙法蓮華經》、弘一法師手稿《佛說阿彌陀經》等，以及唐代銅佛、宋代銅鐘、明代名匠石叟所造的如意觀音和觀音施甘露像、明代著名藝術家何朝宗創作的白瓷觀音像和 28 尊緬甸玉佛 。

王又藍夫婦是佛教徒，平日對佛教經典有涉略，對藏經閣很感興趣，只是面對浩瀚的經典，他們對天書究竟是指何物，仍然沒有頭緒？

阿亮及雪嬌也認真埋首於藏經閣內翻閱典籍，希望有發現天書的神蹟？

其實大家對『天書』究竟是何物？並不是很清楚，因為天人夢中示現，告訴阿亮的所謂神秘天書，並沒有出現天書真正的樣貌，只是一股聲音告訴阿亮而已，所以要尋覓這個珍寶，需要更多準確的訊息。

晚上六點時間已到，阿亮等人必須離開藏經閣，經過仔細地翻閱與尋覓，但是大家依然沒有特別的發現，只好淡然離去。

5-2 法門寺前 神鳥現身

自從廈門南普陀寺尋找神秘天書，仍然未見蹤跡後，偵探阿亮等人沒有氣餒，繼續再接再厲。只要有人提供可能線索，他都會想盡辦法前往了解，並仔細查個究竟，下定決心，一定要在此生找到天書，完成天人在夢中的指示任務。

一次聚會中，王又藍秘書長聽到記者提起，曾經看過新聞報導，大陸西安法門寺佛指舍利，曾於 2002 年 2 月 23 日至 3 月 31 日赴台灣地區瞻禮供奉，歷時 37 天，造成極大轟動，是宗教界的一大盛事。王秘書長突然聯想起天書之事，立即打電話提醒阿亮，希望安排時間，共同前往法門寺尋找神秘天書的下落。

阿亮得知此訊息後非常開心，立即著手進行安排，終於可以進行下一站的天書探險之旅。這次在當地的友人暱稱雄哥的專業導覽下，王秘書長及阿亮充滿期待，展開一趟豐富的知性文化之旅。

西安法門寺，一座富有傳奇色彩的寺院，是極負盛名的中國佛教聖地，被譽為關中塔廟之祖。2004 年被聯合國教科文組織評為「世界第九大奇蹟」，地處陝西省寶雞市扶風縣法門鎮。而法門寺地宮，則是世界上迄今為止，發現年代最久遠、規模最大、等級最高的佛塔地宮。

阿亮一行人到了法門寺門口，突然飛來一隻金黃色漂亮羽毛的鳥兒，發出阿彌陀佛的聲音，和大家打招呼！真是不可思議！

王又藍秘書長驚訝地說：既然它會發出阿彌陀佛的聲音，可能是一隻『神鳥』！

阿亮亦回應：我猜測應該如《佛說阿彌陀經》經典所言，是來法音宣流的，一定不是一隻普通的鳥啊！『既然和我們有緣，就幫神鳥取名叫做『阿光』吧！』從此阿光神鳥，就像護法神似的，一路陪伴他們進行天書探險之旅。

大陸導覽雄哥告知：1987 年 4 月 9 日，這一天，距離西安一百公里的法門寺神秘的地宮洞開，數千件奇珍異寶光芒四射，大唐盛世文明震驚了世界。

地宮由踏步、平台、隧道和前、中、後三室組成。全長 21.4 米，雖然面積僅 31.48 平方米，但卻是世界最大的佛教地宮。

阿亮一行人，前往阿育王塔後面，發現了另外一道石門，門後必然還有密室。這道門的門扇上雕刻著天王力士彩繪浮雕。可是仍然沒有發現天書的蹤影。

雄哥告訴阿亮：法門寺地宮舍利發現後，斯里蘭卡駐華大使曾在觀看展覽後感慨地說：「如果佛骨能在我們國家展出一周，就會立即平息那裡的內亂！因此舍利曾經被多次迎往港、台及國外供奉禮拜。人們相信，舍利一定會為它所到之處帶來和平福祉！

傳說公元前 486 年，80 歲的釋迦牟尼知道自己時日不多，打算回到家鄉藍毗尼，行至拘尸那迦時，病情突然加重，就此涅槃。弟子們悲慟之於，點燃香木焚化了釋迦牟尼的遺體，並在灰燼中找到頭骨、牙齒、指骨等佛祖真身舍利，小心翼翼地將其供奉起來。

一百多年後，印度歷史上最偉大的國王阿育王篤信佛教，將佛祖真身舍利分為八萬四千份，遣鬼神送往世界各地，以此號召世界不要再發生戰爭。

據說中國得到四枚佛祖真身舍利，存放於法門寺真身寶塔內的佛祖指骨舍利是確有其事，從古至今有大量文獻記錄。

傳說有一枚佛骨舍利就藏在這法門寺地宮之下，但是在挖掘過程中發現了三枚影骨，真正的佛骨舍利仍未現世。當地宮的文物發掘工作接近尾聲，有人發現後室的土層好像被動過，挖開土，果然顯露出一個密龕，其中藏著一個包裹，打開後又發現一個鐵函，考古隊開始懷疑，到底是什麼寶物，竟被放在如此隱秘之處？

根據記載 1987 年 5 月 10 日，專家打開鐵函，首先映入眼帘的是一大一小兩顆水晶珠，下面是一個被絲綢包裹的鎏金函。鎏金函里有個檀香木函，檀香木函里還有個水晶槨子，水晶槨子裡還有一個玉棺。凌晨 8 點零 6 分，揭開玉棺棺蓋，玉棺裡面又是一枚舍利，難道這就是傳說中的八重寶函之中的佛祖真身指骨舍利？

為確認密龕中舍利的真實性，專家鑑定，發現與僧澈志文碑中的記載吻合。最後確認這是世上僅存的佛祖真身指骨舍利。這枚舍利面世的時間是農曆四月初八，正是釋迦牟尼佛的聖誕，佛教界認為這是佛祖顯靈。

雖然西安法門寺之行，阿亮等人待了三天，依然沒有尋覓到天書的下落，但是能夠親眼見到稀世珍寶 – 釋迦牟尼佛真身指骨舍利，不虛此行，心中感到無比安慰。在門外靜靜等候的阿光神鳥，也隨著他們一行人離開法門寺。

5-3 佛牙文宣 躬逢盛事

大陸西安法門寺佛指舍利，曾於 2002 年 2 月 23 日至 3 月 31 日赴台灣地區瞻禮供奉，受到社會矚目。

其實更早在 1998 年 12 月 12 日，佛牙舍利從佛光山台北道場供信徒禮拜數月後，要迎回高雄總本山時，透過台鐵火車巡迴南下，也是宗教界的一樁轟動盛事。而王又藍秘書長在進入綠能協會之前，當時是媒體人，正好因緣際會，受託擔任那一場佛牙舍利文宣活動的主要撰稿人，記憶深刻。

舍利通常指佛陀的遺骨，佛陀遺體焚化後結晶而成的固體物，如佛舍利、佛骨、佛牙舍利、佛指舍利等等。按照佛教的觀念，舍利和一般凡夫俗子的遺骨是有根本區別的，由於它的形成原因，既非生理上的關係，也非食物的結晶，而是日積月累長年修持，功德昭著的成就標誌，是戒、定、慧三學熏修的成果。

一九九八年四月七日至九日，這顆由印度到西藏，再由西藏輾轉印度、泰國，將被迎回臺灣供奉的佛陀真身舍利，宗教界普遍認為將為臺灣社會帶來祥和，為全世界人類帶來慈悲、智慧、和平。

佛教界的珍寶佛牙舍利，從泰國輾轉來台灣的時候，曾經造成國內媒體一陣旋風，引起各界的關注，當時確實有些別有用心的學者，以佛牙是『真』或『假』製造話題，企圖製造社會的混亂，造成社會的對立與不安，居心叵測！

當時看到媒體捕風捉影，不了解事實真相的報導，有虔誠信仰的王秘書長難過萬分，於是在觀世音菩薩面前『發願』：如果是個人負責撰寫佛牙文宣報導，一定會捍衛佛教，終止負面文宣。並且祈願，迎佛牙當天的新聞報導均為「正

佛牙舍利

面」新聞，媒體至少要能見報十家以上。

佛牙舍利要南下高雄總本山之前，曾經在台北道場暫時奉厝數月，提供信徒禮拜。

一天，王秘書長在佛光山台北道場十四樓大殿外，有位師兄突然叫住他，令人嚇一大跳。劉師兄自我介紹，是王秘書長大學時期集郵社社團認識的朋友，他的外貌變化不大，彼此依稀記得模樣。劉師兄說：他夢中見到佛牙舍利，因此專程自美國返台禮拜佛牙，經打聽之後才知道，佛牙舍利暫時供奉在佛光山台北道場，沒想到來此禮佛，會遇到舊識，真是很巧呀！

數月後，果然觀世音菩薩加被下，佛牙舍利文宣相關籌備工作，落在王秘書長身上，他親自參與每一場相關會議。後來決定，那一次佛牙舍利從佛光山台北道場迎回高總本山，是用火車方式巡禮完成。

本來規劃開放保留媒體人，有一列車廂可以隨隊採訪，但是出發前兩天突然宣布，因臨時有四十餘位西藏喇嘛，要加入參與這趟佛牙舍利之旅，因火車車廂座位有限，只好把原先計畫給媒體朋友之車廂，讓出來給西藏喇嘛。

因此，整個佛牙舍利的文宣工作，本來是各報媒體派記者參加，最後改由王秘書長負責主要撰稿，當時他深覺得身負重任！

迎佛牙舍利的台鐵火車之旅，每到達一個重點城市，就在當地火車站停留半小時，舉行法會儀式。王秘書長只能利用法會空檔時間，趕快跳下火車，找個定點發通稿給各大媒體。因為火車上根本沒有其他記者可隨隊採訪，也把發生在火車上的種種有趣事蹟，提供給媒體參考。

當年電腦發稿尚未成為風氣，王秘書長只能以手寫新聞稿，要求自己字跡勿太潦草，內容精準。火車每站停留之法會時間短暫，只能抓緊時間快速撰稿，需要很大的功力！

另外，當時媒體報導，有人質疑佛牙是『假的』議題，及可能會引起媒體負面報導的可能議題，王秘書長事先都以 Q&A 方式，由法師填寫問題的答案，一路發送給媒體。

提供 Q&A 方式果然見效，此次媒體報導，再也沒有出現佛牙舍利負面新聞，且當時共有十一家主流媒體，刊登佛牙舍利火車之旅，在全台巡迴新聞，王又藍秘書長內心感謝觀世音菩薩加持，深感安慰！人有誠心，佛有感應，一點都不假。

想起金剛經：『無我相、無人相、無眾生相、無壽者相。』王又藍深知，所有事物離相，不要執著，才是生活中的王道。

5-4 菩提伽耶 佛祖指示

走過不少寺院或外國城堡，阿亮等人依然沒有尋覓到神秘天書下落，心中有幾許的悵然？有著杜牧詩的心境：千里鶯啼綠映紅，水村山郭酒旗風，南朝四百八十寺，多少樓台煙雨中。

一天下午，王又藍秘書長與好友聚會，看到友人秀出印度菩提伽耶正覺大塔照片，突然有個靈感，認為可能是某種暗示？想起西元二〇〇〇之時，曾拜訪過佛陀故鄉印度及尼泊爾，也許再次巡禮菩提伽耶，可能會找到神秘天書下落？因此急忙與阿亮商量，找個適當時機，一起前往印度朝聖！

印度是佛教的發源地，古印度的佛教遺跡，如今成為佛教徒朝聖的聖地。菩提伽耶又稱菩提道場，是四大聖地中最具重要意義聖地，是佛祖釋迦牟尼悟道成佛之地，故這座小城，成了全世界佛教徒心中的聖地。

出發前，通靈人士告知王又藍秘書長，他們一心要找的天書，極有可能藏在印度菩提伽耶正覺大塔附近某處，於是他們信心滿滿，希望能夠到當地探個究竟。

某年的十二月，阿亮邀約在法國的女友雪嬌，與王又藍秘書長及其妻子夏萍，以歡喜又期待心情出發，一起前往印度尋寶。

經過漫長旅途勞頓，下了飛機，在小寶地陪帶領下，順利離開加爾各答機場。不可思議的是，靈光的神鳥已經出現在機場，等待阿亮一行人的到訪，開心地和他們一起前往菩提迦耶。

第一天行程，小寶就直接帶領阿亮一行人，去佛教重要的聖地～菩提迦耶的摩訶菩提寺。

傳說，摩訶菩提寺最早於公元前三世紀由篤信佛法的阿育王所建造的塔寺，到了公元四世紀錫蘭國王王弟到了印度朝聖，在此地受到冷落，於是錫蘭國王主動興建摩訶菩提寺，到了公元十三世紀時回教大軍橫掃印度，佛教徒因避回教徒之摧殘，遂將摩訶菩提寺大塔掩埋，形成一處土丘湮沒數百年。直至一八八一年始由英

國考古學者亞歷山大．康寧漢姆率領的考古隊挖掘，使菩提伽耶重新成為最重要的佛陀聖地之一。

菩提伽耶的摩訶菩提寺 2002 年被列為世界遺產。當他們走進摩訶菩提寺，看到數座高塔尖聳林立，正中央的大塔被稱為大覺塔、大覺寺、大菩提寺、摩訶菩提僧伽耶，這個金字形的佛塔，是延續二世紀的佛塔造型而來。

菩提樹位於摩訶菩提寺後方，樹高達十二公尺，據說為傳法之故，阿育王之女僧伽蜜多嘗以此樹分枝移植獅子國（今斯里蘭卡），原本的菩提樹早已毀壞，現今這棵菩提樹是由獅子國斯里蘭卡移枝回金剛座旁，就是我們眼前見到菩提樹。

印度正覺大塔

金剛座是一塊長約 2 公尺，寬 1 公尺半，高

90 公分的紅砂岩石板，傳說是阿育王放置於此處，代表佛陀曾在此處靜坐成道之處，現存金剛寶座的位置為阿育王時期所留下，是重要的佛教歷史文物，現在則被安座於摩訶菩提寺後方。

他們決定在菩提樹下打坐一個鐘頭。王又藍秘書長及夏萍在打坐盤腿中，享受被佛光包圍地法喜！

阿亮在靜坐中，半個小時後身心漸入佳境，一陣子被白光環繞，彷彿置身佛國淨土，身心舒暢自在。《維摩經》云：隨其心淨，則國土淨。

如果我們能夠保持一顆明淨的心， 來對待世間的一切，這個世間便是天堂淨土。

雪嬌因為沒有信仰，更別說打坐了，只好隨小寶地陪四處拍照閒逛。

在金剛座附近，剛好有台灣來的男眾法師帶領信徒，正在現場開示，告訴信徒：六道輪迴中，要投生為人並不容易啊！在經典裡，佛陀以「盲龜遇木軛」、「光壁立豆」、「得人身如爪上泥，失人身如大地土」等譬喻人身難得，勉勵把握人身機會，要努力培福、修慧。

釋迦牟尼佛在《雜阿含經》裡譬喻六道浮沉，就像在一條又髒又暗的河裡飄盪，唯有看清流轉生死的本質，截斷隨波逐流的慣性，從生死河中出走，踏上岸，精勤修行，才能真正從三界六道的束縛中解脫。

雪嬌在小寶的帶領下，來到正覺大塔內的寺廟，看到一尊巨大的佛像，當時正好遇到有專人為佛祖更衣時間，她很開心地拍下照片留作紀念。早期朝聖的遊客通常可以從導遊手中，每人取得一小塊佛祖的衣服（一塊金黃色布）帶回去，象徵著把平安幸運帶回家。

《金剛經》：『一切有為法，如夢幻泡影，如露亦如電，應作如是觀。』經過一小時的心靈沉澱，阿亮期許能夠得到佛祖的指示，否則世界之大，如何尋找天書？

神鳥則在旁靜靜待在樹上，有靈異體質的阿亮在靜坐之時，彷佛有聲音在耳旁提醒：『所謂的天書，就是一部佛教經典啊！』但究竟是哪一部佛教經典，則沒有《金剛經》：『一切有為法，如夢幻泡影，如露亦如電，應作如是觀。』明確指示？阿亮喜形於色，至少未來對天書尋找有個目標。白居易詩：『欲悟色空為佛事，故栽芳樹在僧家，細看便是華嚴偈，方便風開智慧花。』

5-5 神鳥阿光 透露天機

阿亮偵探及王又藍秘書長等人，雖然在印度菩提迦雅的正覺大塔附近，並沒有找到神秘的天書，但阿亮在打坐的時候，聽到一股聲音告訴他，神秘天書可能就是一部佛經，因此他非常的興奮。

因為停留菩提迦雅時間已經很晚，他們必須離開，沒多久的功夫，阿光神鳥就出現了，在他們的身邊嘰嘰喳喳，可是他們不知道神鳥語言，所指為何，因此當天夜晚，王又藍秘書長在睡夢中看到神鳥，彷彿暗示他：若前往印度的祇樹給孤獨園，會有新的發現。

在導遊小寶的帶領下，正巧那一天是農曆十一月十七號，也是阿彌陀佛聖誕日，阿亮一行人，剛好來到

印度的祇樹給孤獨園，隨行的阿光神鳥特別的興奮，彷佛回到了自己的家一樣，自由自在飛翔，有如投入阿彌陀佛懷抱一般地溫暖。

祇樹給孤獨園是當年佛陀說阿彌陀經的地點，他們預計在此地停留一天，慢慢地巡禮，雖然事隔千年以上，已經沒有黃金鋪地，但是巨大的古老樹木比比皆是，王秘書長等人希望能夠找到一絲天書的蹤跡？

沒想到王又藍秘書長在大樹下靜坐一段時間，神鳥就飛到他旁邊告訴他：應該讀誦佛經，這樣就可以找到天書的靈感。

可是究竟需要讀誦的是哪一部佛經呢？大家仍然沒有頭緒，眾人只好念著釋迦牟尼佛的聖號，繞著大樹走好幾趟，以表示對佛陀的敬意後離去。

夜晚，阿亮則夢到阿光神鳥告訴他：如果能讀誦《佛說阿彌陀經》一萬遍及一百萬遍往生咒，迴向西方極樂世界功德海，有助於找到殺死蘇定凶手是誰？他醒來以後，覺得非常的納悶，竟然會有這樣的事？真是不可思議！

5-6 讀彌陀經 蘇定託夢

從印度返國之後，阿亮和王又藍秘書長商量，決定兩個人每天把《佛說阿彌陀經》讀誦，當作定課，預計花一年時間，讀完一萬部《佛說阿彌陀經》及百萬遍往生咒，希望能對好友蘇定案情之破案有正面幫助。然而警方對偵破命案，依然沒有理出頭緒，更需要阿亮偵探等人的協助。

大約讀誦《佛說阿彌陀經》一年之後，果然一天夜晚，王又藍秘書長夢中看到往生的好

友蘇定，表情呈現微笑，坐在蓮花上，頻頻向他表達謝意，但是卻沒有透露兇嫌到底是誰？他醒來之後，立即電話告訴阿亮此事，阿亮感到驚訝萬分，對於未來尋找涉案人更具信心。

王又藍秘書長邀約阿亮喝下午茶：我們既然讀誦經典之後，蘇定會微笑託夢，還坐上蓮花來示現，這是一件好事！

阿亮回應：我也為蘇定感到高興，沒想到至今還沒有抓到兇嫌，他卻能放下，真是不容易。不過由於其家屬委託尋找兇嫌，基於職責所在，我還是要繼續尋找相關線索，讓殺死蘇定之兇嫌早日落網，不能讓歹徒逍遙法外。

王又藍認同阿亮的說法：對啊，我們應繼續努力，千萬不可放棄尋找兇嫌，相信案情一定能水落石出。

阿亮及王又藍秘書長，都是屬於特殊靈異體質，容易和另外一度空間眾生搭上線，所以夢中託夢之事，彼此都覺得習以為常，故兩個人特別投緣，非常談得來。

王又藍有遺傳母親的特殊體質，有時候可以先透過夢境，預知到一些未來的訊息。他從小讀書、就業，都很順利，直到有宗教信仰之後，反而面臨一連串的挑戰與考驗。即使他生命中有多次災難降臨，總是能有驚無險，化險為夷，與災難擦身而過。

相互聊天之中，兩個人回憶起上次印度之行的點點滴滴回憶。尤其是菩提伽耶的正覺大塔內靜坐，和遊覽恆河的那段記憶，至今都覺得很難忘懷。他們回憶起當時天未亮就來到恆河邊，並坐上十餘人乘坐的一艘小遊艇，點上水燈祈福，觀看恆河的人生百態。

許多印度人基於信仰，把恆河奉為聖河。他們認為，浸在恆河中能把一個人的罪惡洗去；把人火葬後的骨灰撒入河中，也有直接把死屍、遺物和葬禮物品直接拋入河中任其漂流的，認為這樣能幫助往生者得到更好的來世，甚至能

更早獲得「解脫」。由於這些難以改變的傳統習慣，恆河的環境顯得髒亂，經常是恆河裡沐浴聖水者不遠處，就有漂流的浮屍經過，民眾卻處之泰然。

印度菩提伽耶

他們最開心的是，在菩提伽耶的正覺大塔寺內殊勝的釋迦牟尼佛佛像前打坐，共同經歷到找到失落已久內心平靜與法喜。尤其阿亮靜坐不久之後，曾感受到一道白光暖流散布全身，全身的輕安與喜悅，不可言喻。王又藍認為，不管生活上或夢中出現何種境界，不要『著相』，才能減輕煩惱。

他們祈望有朝一日，能夠再度相約前往印度朝聖，希望沒有特殊任務，只為了心中的那份虔誠信仰及信念而前進！

5-7 印度趣事 回味無窮

印度曾經是個很神祕的國度，雖然貧窮落後是大家普遍的刻板印象，吸引很多遊客前往。爾後隨著交通便利，直航很方便，不用在泰國轉機，這個神秘的面紗被逐一揭露後，不再像從前那麼神秘而遙不可及。不過，印度的八大佛教聖地，對於佛教徒來說，仍然是個一生中值得朝聖的重要城市。

王又藍回憶過去在媒體服務期間，曾和百餘人的佛教徒，前往印度參訪，留下難忘深刻回憶。無奈的是，在訪問佛教聖地途中，因經常找不到廁所，加上城市之間路途遙遠，只好中途找個隱密之處如廁，例如利用高大的甘蔗園擋住視線，有時候還有一群野狗在旁虎視眈眈，著實很不方便。他當時心裡想著：有朝一日再度造訪印度，希望能多建造一些公廁，讓旅人方便。

讓人不解的是，當時王又藍夜

晚時分逛市集，眼前幾乎一片漆黑，住家及商店極少有燈火照明，但不論是巴士或其他交通工具穿梭來往，駕駛靠著車燈的微光都能相安無事，莫非當地人的視力特別好，還是大家已經習慣摸黑出入了。

旅途中王又藍坐在遊覽車上，觀看印度街景，發現平日很多印度人大都閒來無事，三五成群聚集聊天，在大街上充滿所謂的『聖牛』，人民普遍會禮讓牛隻過馬路，這樣的景致到處都是。婦女們則彷彿是練了功夫，頭頂放置重物在街上行走，那是稀鬆平常的事。聽說因為印度城市的農作物，極少噴灑農藥，所以鳥類特別多，這也是一大奇景！

印度阿姜塔石窟佛像

印度阿姜塔石窟外觀

談到佛教藝術的奇葩，要屬印度最大的石窟～阿姜塔洞窟，印象最深刻。阿姜達石窟是印度名氣最大的石窟，據說此地被埋沒在塵土 1000 年後，1819 年，英國士兵因狩獵老虎，馬匹掉入洞裡，意外發

印度鹿野苑

現這石窟。這石窟也是全印度唯一全部是佛教文化的洞窟，共計 30 個洞窟；開鑿的年代始於西元前 200 年到西元 600 年間，是目前發現的佛教石窟中歷史最久的，對照中國年代大約是從秦朝到隋朝。

西元 627 年，玄奘法師從長安出發到印度取經，當時的印度，佛教可以說已經開始進入衰退期，連持續開鑿 800 年的阿姜達石窟已不受重視，才落得塵土埋沒千年的命運，不幸中的大幸是使得這項曠世傑作被保存得比其他石窟完整。

為了要保存超過千年的精美壁畫，洞窟內的燈光非常微弱。其中 26 號洞窟裡保存了最多精美的佛像，包含一座長達七公尺的臥佛，聽說此洞窟是唯一全面有燈光探照的一窟。

還有一個令王又藍秘書長懷念的聖地 – 鹿野苑。釋迦牟尼在菩提伽耶悟道成佛後，來到鹿野苑，找到了原來的五位侍者，為其演說四聖諦，他們五位因此有所證悟，隨即出家為五比丘，是為佛教僧寶成就，佛、法、僧三寶至此圓滿集結成就。

印度聖牛滿街跑

鹿野苑位於恆河以北約十公里處，在公元四至六世紀的笈多王朝發展至頂峰。令人遺憾是鹿野苑大部分古蹟後來被破壞，現今只剩下一片廢墟，較可觀的只有一座大佛塔遺跡，現已跟其他廢墟遺跡歸入景區範圍。

印度參訪行程中，還有讓王又藍深刻懷念的那爛陀寺。該寺遺址，位於印度北部比哈省境內在西元 5 至 12 世紀曾是佛學聖地，也是全球最古老的大學之一，當時僧人學者逾萬人。中國唐代高僧玄奘法師西域取經，曾在那爛陀寺講習修學五年。據報導，曾盛極一時的那爛陀大學，自西元 1193 年遭突厥兵入侵破壞後，至今時隔 810 多年，在亞洲佛教國家的攜手合作下準備重建，重現昔日輝煌的歷史。

那爛陀寺遺址位於比哈省首府巴特納東南方 55 公里，在古摩揭陀國王舍城的附近，傳說建於西元 427 年左右，佔地廣闊。至今出土面積僅 14 公頃，清理出來的建築遺址有15處，多為紅磚砌成，無論講堂、膳堂都能同時容納千人以上，可見當年僧眾在此參學之勝況。

印度那爛陀遺址

5-8 佛館之旅 解鎖密碼

印度之行返國後，偵探阿亮因為神鳥阿光託夢，暗示可以到台灣高雄佛陀紀念館聖地巡禮，肯定會有收穫。阿亮醒來後覺得，既然蘇定命案遲遲沒有進展，很讓人苦惱，若此行對破案有助益，他很願意走訪佛館，體驗不同的心靈之旅。

一天傍晚，阿亮於工作告一段落後，電話告訴好友王又藍秘書長，關於阿光神鳥託夢之事，於是兩人相約數天後，前往佛館一窺究竟！

位於高雄的佛陀紀念館於自2003年動工，耗時九年，是集千家寺院、百萬人傾力而成的宗教勝地，占地4000多坪，地下1層、地上5層，有8座寶塔、地宮48間，還有1尊全世界最高108公尺的銅製大佛。

2011年12月25日落成的佛陀紀念館，除了有世界最高坐佛像，以及世界僅存的三顆佛牙舍利之一，隱藏在紀念館之下竟暗藏48座「地宮」，讓人好奇的是裡面收藏了不同時代的文物。未來將每100年開啟1座地宮，期望讓後代能了解當時的生活時代背景，而其奇特的文物保存手法，被形容為「時空膠囊」。

東西是表象的，而生命是無限的，因此佛館地宮所存放的文物，需要具有歷史性及時代性，讓百年後的人可以進行研究。』這是佛光山為了讓未來的人能了解研究現在文物之理念，而創建了地宮。從古至今，地宮始終被套上神祕的光環，地宮，以中國歷史來看多半是皇帝

的陵寢地宮，但在佛教，佛塔下的地宮文物最為無價。考古工作研究專家對這二種地宮，都興致很高，前者因尊貴的身分及皇家珍寶而好奇，後者則因地宮埋藏佛陀真身舍利及法器，令人探索其不可思議的奧祕。

阿亮一行人，第一次興奮地來到佛館，有一位導覽員親切說明：百萬心經入法身活動，是佛光山為興建佛陀紀念館而發起的祈福活動；活動的方式是發動全球信眾每人抄寫一部心經，期望集合百萬人的寫經，奉納於佛陀紀念館塔剎中。

所謂塔剎是位於塔的最高處，是塔上最為顯著的標記。「剎」來源於梵文，意思為「土田」和「國」，佛教的引申義為「佛國」。各種式樣的塔都有塔剎。塔剎作為塔顯著的標誌，一般用金屬或磚石製成，一般塔剎本身也如一座小覆缽塔，分為剎座、剎身、剎頂三部分構成。

聽到佛館的佛剎有存放著《般若心經》，引起阿亮好奇：『甚麼人可以進入佛剎一窺究竟？』

導覽員：『只有特定法師才能進入存放《般若心經》，一般人不可以任意進出佛剎。』阿亮聽到後非常失望，以為若有機會進去看個究竟，有可能尋找到神秘天書？

傍晚時分，夕陽西下，金色餘暉照亮佛館的大佛，顯得金碧輝煌，那是很美的一幅畫！王又藍和阿亮在佛館菩提廣場前打坐一個小時，希望獲得內心世界的寧靜，享受靜坐的法喜。

靜坐一會兒，神鳥阿光在阿亮附近盤旋發出吱吱叫聲，似乎有話要說，可是阿亮等人不受影響，逐漸體驗被萬丈佛光包圍的喜悅。到了夜晚，疲憊的阿亮進入夢鄉，阿光神鳥於是又託夢了！

5-9 佛館巡禮 心經之寶

清晨時分，夢中阿亮彷佛有天人引導，神奇進入佛館的佛剎裡，看到很多信徒抄寫的書法心經，供奉在書架，於是好奇打開《般若心經》的抄經本，逐一欣賞不同人的書寫字體。他竟然可以在佛剎裡面走動，來去自如，彷佛隱身進入無人之境。

夢境中神鳥阿光問阿亮：『您在佛剎裡面，究竟想要尋找甚麼東西？』阿亮回應：『我在想，神秘天書究竟是何物？也許這裡可以找到答案也不一定！』

神鳥：『天書是何物，對您來說真的很重要嗎？』阿亮：『尋找天書，對我來說，是此生重要使命，我有責任找到，並完成天書中指示的任務。』

神鳥問：『天書，或許可能就是一部佛教寶典嗎？』阿亮：『其實我並不清楚天書究竟是何物？只是天人曾在夢中告訴我，希望我能找到，並完成使命。因此我的足跡，已經走遍國內外，但是都無功而返。』

神鳥聽到這裡，突然消失在夢中，讓阿亮起床後，悵然卻若有所思！不只阿亮在夢中有與神鳥的對話，奇特的是，王又藍秘書長於清晨，也有不同的夢境！

王又藍夢中出現佛館那尊巨大的大佛微笑示現，託夢給他。大佛問：『您有甚麼事，需要幫忙解決？』

夢中一臉憂鬱的王又藍：『是一樁命案，我的好友蘇定在社會運動中被誤殺而犧牲了，我務必要幫他討回公道。』大佛示現一股聲音：『好好專心念佛吧！』大勢至菩薩念佛圓通章：若眾生心，憶佛念佛，現前當來，必定見佛，去佛不遠。

念佛的功德利益，蓮池大師於《雲棲法彙》中提到，若人受持一佛 名號者，現世當獲十種功德利益： 一、晝夜常得諸天、大力神將，並諸眷屬，隱形守護。 二、常得二十五大菩薩，如觀世音等，及一切菩薩，常隨守護。 三、常為諸佛晝夜護念，阿彌陀佛常放光明攝受此人。 四、一切惡鬼，若夜叉、羅剎皆不能害；一切毒 蛇、毒龍、毒藥悉不能害。 五、一切火難、水難、冤賊、刀箭、牢獄、杻 械、橫死、枉死，悉皆不受。六、先所作罪，皆悉消滅，所作冤命，彼蒙解 脫，更無執對。七、夜夢正直，或復夢見阿彌陀佛勝妙色身。八、心常歡喜，顏色光澤，氣力充盛，所作吉利。九、常為一切世間人民，恭敬供養禮拜，猶如敬佛。十、命終之時，心無怖畏，正念現前，得見阿彌 陀佛，並諸菩薩聖眾，手持金臺，接引往生 西方淨土，盡未來際，受勝妙樂。

大佛並暗示王又藍秘書長，可以參加地宮珍寶法會。一會兒工夫，大佛就在夢中消失了！

返回台北之前，阿亮及王又藍秘書長打聽之下，果然佛館有

舉辦地宮珍寶法會。一年後，王又藍秘書長及阿亮，分別捐給地宮文物有觀音佛像及珍貴紀念幣，他們以捐贈代表身分，如願參加殊勝的地宮珍寶法會。

地宮珍寶入宮暨百萬心經入法身法會，二月份在農曆年間，在佛陀紀念館盛大展開，參與人數眾多，現場熱鬧非凡。歷年來，信徒及社會及企業人士，紛紛捐獻各種珍寶，包含古代佛像、觀音像、鏤雕、茶器，乃至近代的摩托車、數位相機、紀念幣，科技用品等如手機、電話機等。那一年捐獻珍寶共有四百多件，將存放於地宮。

四十八座地宮承載著將文化流傳至後世，雖然放進去的珍寶朝代儘管不盡相同，但可讓後代看到當代文化，無論屬於生活或佛教層面，這些珍寶都和當代人的生活有關。他們期望有一天可見證地宮開啟之時。

那一年因為下雨的關係，法會於室內舉辦，大家虔誠讀誦《般若心經》後，多位主禮貴賓，將地宮珍寶放入轎中，由佛光青年、普中棒球隊抬起寶轎，恭送珍寶入地宮；接著恭送百萬《般若心經》入法身，由和尚為

首，將《般若心經》交由四面的諸位法師一一傳遞。

一般情況若是天氣晴朗，地宮珍寶法會在戶外舉辦，通常由捐贈代表捧著珍寶，小心翼翼依序進入佛館大殿先暫時集中保管，再由法師放入地宮。參加完法會，阿亮有所體證：把心中的迷惘轉為日光遍照，無所不明。

王又藍秘書長深刻體會到：苦樂都繫於吾人一心，吾心一轉，苦也即是樂。生命中若學會隨時隨地轉念頭，可以逍遙自在。所謂「千年暗室，一燈即明」；只要我們能點亮心燈，就能轉暗為明。

法師提醒大家：『我們的日常生活中，隨時隨地都可以修持回向法門，有了一點善美的念頭，或者即使只做了一點點好事也都可以回向，以自己的能力所及回向給別人；就像再渺小的水滴，也能成為巨大海洋；再微弱的燭光，也能劃破千年暗室。』

對阿亮及王又藍而言，這是一次心靈豐收的佛館之旅，入寶山沒有空手而回。

5-10 巴黎鐵塔 見證愛情

結束佛館之旅，阿亮決定再度前往法國，為魔鏡解碼一事，尋找懂得使用它的專家，再度與女友雪嬌相約在巴黎見面。

唐朝《寒山子詩集》：『水清澄澄瑩，徹底自然見；心中無一事，萬境不能轉心。心既不妄起，永劫無改變；若能如是知，是知無背面。』遇到境界考驗時，懂得轉念頭的阿亮，很喜歡這一首詩的境界。

有緣千里來相會！阿亮因為要尋找神秘天書，在法國巴黎友人費雪牽線下，在法國的香波堡，初識雪嬌，彼此有好感，而進一步交往。

起初阿亮對雪嬌的出現，無動於衷，埋首於工作上。但是雪嬌卻對阿亮一見鍾情，尤其在浪漫的法國相遇，雪嬌心中有少女情懷般幻想與憧憬。

幽默的阿亮是個富有超能力的人，很有善根，思緒敏銳。從事偵探工作，可以協助案情的偵破，完成很多人類肉眼所不能達成的任務，這是阿亮這一期生命，很重要的使命。

雪嬌中國大陸出生，屬於富二代，自從在法國大學藝術系畢業後，有天分的她，鍾情於繪畫，因為有父親資金挹注，年紀輕輕的她，很快地擁有自己的畫室，可以從事創作揮灑的空間，她承諾此生要和畫畫結下美麗的盟約，當一名藝術的創作者。

八月，天氣不算酷熱，當阿亮抵達法國時，雪嬌前往接機，一路上很開心，終於可以和阿亮見面了，一解相思之愁。雪嬌帶領阿亮來到下榻的酒店住宿，兩人愉悅的交談兩個小時後就分開了，因為明天阿亮有新任務。

第二天上午，在友人費雪的協助下，找到一位大學教授皮爾斯是考古學家，對魔鏡的歷史及古物有興趣，於是相約來到巴黎鐵塔附近的一家餐廳，皮爾斯教授及費雪、雪嬌及阿亮四人，展開對話。

皮爾斯教授說明自己的背景後，對魔鏡之事提出看法。他說：『一般說來，所謂的魔鏡，是指鏡子具備一定的記憶能力，可以看到過去發生的事。但是如何解碼，看到過去的記憶，使用者需要有一定功力及法力！』

阿亮問：『如何可以解碼，看到鏡子隱藏的記憶力？』皮爾斯教授好奇問：『您手上有帶來魔鏡嗎？』

阿亮回應：『因為擔心會遺失或偷竊，目前沒有攜帶身邊。』但是也沒有告知魔鏡在哪裡？

皮爾斯教授滿臉的喜悅：『下一次我們再見面時，期待可以看到此珍貴的寶物。』阿亮說：『下次見面，一定帶魔鏡前來。』希望早日可以解開古物的奧秘之處。

餐敘結束後，阿亮與雪嬌在巴黎鐵塔享受兩人世界的甜蜜。他們搭乘電梯到巴黎鐵塔的頂端，眺望巴黎城市之美。當時風很大，不過也阻擋不了他們要拍照留念，抓住剎那就是永恆。

一路上雪嬌好開心，保持燦爛笑容，終於可以在巴黎鐵塔最頂端，見證兩人的愛情永不渝！她內心還偷偷對著美麗的巴黎夜景許願，希望有情人終成眷屬！

遊玩巴黎鐵塔，一身疲憊，夜晚住在豪華酒店裡的阿亮，迅速進入夢鄉。他夢到蘇定案發現場，有黑衣人的蹤跡，心中覺得那可能就是涉嫌在反核運動中讓蘇定喪命的兇嫌，可是夢中看不清楚黑衣人的臉龐，心中很焦急，但是沒多久阿亮就被電話聲驚醒。

5-11 魔鏡記憶 兇嫌身影

巴黎鐵塔的愛情盟約，讓雪嬌幾乎沖昏了頭，很期待又覺得好溫暖！她對阿亮的感情非常執著，一心一意想早日和有情人終成眷屬，但是遲遲沒有進展，於是情急之下，邀請父母從中國大陸趕來，在巴黎和阿亮一起見個面。

一天晚上，趁著阿亮還在法國停留之際，雪嬌安排在一家豪華法式餐廳，由其父母出面和阿亮終於首次見面了。雖然阿亮長得一表人才，聰明又幽默，但穿著裝扮很樸實，他的家庭經濟屬於小康之家。由於阿亮不是門當戶對的對象，雪嬌父母喜歡貪圖富貴人家，並不是很喜歡阿亮這樣的女婿人選，所以匆匆吃過晚飯，隔天就離開巴黎返回大陸。

雪嬌明知道父母的心意，是希望女兒能夠找到高富帥的二代人家結婚，而不喜歡阿亮這號人物，不過任性的她，依然選擇要和自己深愛的阿亮交往，造成她和父母親的緊張關係越來越深。

阿亮心裡明白，雪嬌父母其實反對他們繼續交往，且不看好這對戀人可獲得幸福美滿婚姻，所以個性隨緣的他，想慢慢疏遠雪嬌，反正日後是遠距離的戀愛居多，不敢抱有太多期待。對感情之事，抱著隨順因緣的阿亮，從巴黎返回台後，馬上投入工作。

為了早日偵破蘇定命案，他把魔

鏡拿出來仔細研究一番，發現背後有一個神秘的小孔，莫非就是傳說中可以記憶過去的關鍵點，可是這個小孔如何轉動功能，他拿了一些工具要移動，可是費了許多功夫，還是一籌莫展，於是先暫時擱置。

到了夜晚，阿亮夢到一些場景，彷彿回到過去，當時是一片黑壓壓人潮，蘇定就在其中，但黑衣人蒙面並看不出出來長相，夢中示現，黑衣人原來是誤殺蘇定，原來殺手鎖定的對象並不是蘇定，黑衣人當下有點後悔自己太魯莽行事，後來他慌張地逃之夭夭，至今警方都無法破案。

隔天，阿亮再度邀約王又藍秘書長及蘇定的妻子曉鈴，一起餐敘，聊天中談及蘇定命案有關的點滴，及法國之行見到魔鏡專家的種種故事。

阿亮說:『最近夢中又見到反核運動中的當時景象，

黑衣人原來是誤殺蘇定，而蘇定非其本來鎖定對象，黑衣人似乎好懊惱及後悔。』

曉鈴問：『有看清楚黑衣人的長相嗎？』阿亮：『黑衣人是蒙面，看不出長相是何樣？』

王又藍秘書長想起往事回憶說：我們之前去印度，曾經夢到佛祖示意，要我們多念《佛說阿彌陀經》及百萬遍往生咒，如今蘇定之前已經夢中微笑乘坐蓮花，應該是放下一切，到極樂世界去修行了吧！

阿亮：我們決定今後要繼續誦經念佛，迴向給蘇定，希望他在西方極樂世界蓮品增上！所謂迴向如同播種，小心照顧，讓它發芽開花，而結成累累果實。又像一根蠟燭，點燃另一根，燈燈相傳，自身的燭光不會減弱，反而更亮。日常生活中，那怕是做一點好事，也都可以迴向。

曉玲憶起與先生蘇定生前種種的生活點滴，內心至今無法釋懷，也思念他英年早逝，無法放下濃濃夫妻之情，言談中還是一再叮嚀阿亮，快快協助破案。就算黑衣人是誤殺也罷，也不能讓歹徒逍遙法外，讓蘇定白白送命吧！

5-12 法國專家 解謎魔鏡

為了魔鏡解碼一事，阿亮決定攜帶珍貴的古物魔鏡，小心翼翼踏上法國之旅，與之前見過一面的古物專家皮爾斯教授，再度相約在巴黎第二次見面。這次隨行前往的，還有王又藍秘書長夫婦。

此行是很重要的『秘密』會議，除法國巴黎當地友人費雪負責將專家的法語翻譯成中文，是不可或缺的重要人物外，當然阿亮女友雪嬌興奮迫不及待，希望與阿亮再度見面，以解相思之苦。

阿亮等人抵達巴黎，休息一天之後，費雪邀約古物專家皮爾斯教授，來到阿亮下榻的巴黎酒店，雪嬌與王又藍夫婦共六人，大家吃過午飯後，進入阿亮在酒店位於八樓的房間，希望看到魔鏡之謎，能透過專家的法眼，順利解開！

進入酒店房間，阿亮在眾目睽睽之下，小心翼翼從保管箱打開，取出重重包裝的魔鏡，專家皮爾斯教授露出笑容，終於看到傳說中的古物，內心很高興。經過仔

細觀看，發現魔鏡背後有一個神秘的小孔，就是記憶過去的關鍵點，問題是如何轉動這個小洞？皮爾斯曾經看過書中記載，打開魔鏡背後的小洞，有的需要密碼才能轉動，可是密碼究竟是甚麼？的確是一個大學問？讓他陷入苦思！

經過三個小時的不斷嘗試，大家很期待專家解碼的那一刻來臨，不負眾望的皮爾斯終於解開小洞的密碼，順利將魔鏡轉動，現場的人驚呼一聲，的確很神奇啊！打開魔鏡的小洞後，接下來看到一堆難懂的圖像文字，又是另一道難題？究竟是哪一國的語言啊？皮爾斯希望拍照魔鏡的圖文後，給他充裕時間，回去慢慢研究，再告知大家正確答案。

於是費雪帶領皮爾斯先行離開酒店，預計三天後，再來飯店告訴大家答案。

阿亮與雪嬌這對恩愛的情侶，及王又藍夫婦，趁著空檔時間，一起再度遊覽巴黎的美景。他們坐上巴士觀光，並遊覽美麗的塞納河，船上看到巴黎鐵塔，回憶當年的浪漫情景，流露出幸福的燦爛笑容。

坐船閒聊中，阿亮突然問起雪嬌：『你的父母反對我們交往，該怎麼辦？』

雪嬌回應：『我的父母自從上次巴黎一起見面後，返回中國大陸，就積極介紹一位富二代的男孩麥可給我，希望我能和他談戀愛，甚至當作結婚為前提的交往對象？不過，我並沒有同意父母這樣的安排。』

阿亮一臉的憂愁問：『這樣行得通嗎？』雪嬌溫柔地說：『父母很疼愛我，只要我的態度堅決反對，相信父母不會勉強我。』

阿亮問雪嬌：『你是否有考慮，在台灣成立繪畫工作室，繼續畫畫。』雪嬌聽到這個建議，表示開心：『我會考慮看看！』希望可以早日到台灣，不用兩地相思。阿亮露出笑容，充滿期待！

王又藍夫婦在旁邊，看到阿亮和雪嬌的感情發展，有新的轉機，感到非常歡喜，並給予祝福！

5-13 神鳥示現 兇嫌現身

三天後，阿亮攜帶珍貴的古物魔鏡，與古物專家皮爾斯教授，及精通各國文字專家威靈頓到達巴黎酒店，當阿亮打開房間保險櫃，發現魔鏡竟然不翼而飛，讓在座的人頓時驚慌失措。

第一時間阿亮選擇趕快報案，至於魔鏡能否失而復得，則不敢抱太大希望，畢竟飯店保險櫃密碼，竟然有人能破解，讓他非常難以理解。由於魔鏡不見了，那些古物專家只好敗興而返。

阿亮和王又藍秘書長夫婦等人，因魔鏡遭竊，沒有心情留在法國繼續觀光旅遊，提早離開巴黎，返回台灣。雪嬌則因父母要求她必須要返回大陸一段時間，因此沒有追隨阿亮到台灣，面臨兩地相思的苦楚，離別時兩人在機場互相緊緊擁抱，顯得心情很鬱悶，依依不捨掉下眼淚，可是內心又非常無奈。其實她的父母親很希望雪嬌能和富二代的麥可見面交往，那才是門當戶對的一門好姻緣。

阿亮回到台灣的當天夜晚，夢到神鳥託夢，聽到一股聲音告知，關於魔鏡遺失之事，不用罣礙。如果只是為了讓蘇定命案破案而想藉助魔鏡幫忙，其實大可不必，而且暗示兇嫌即將出現，不用再費心思尋找相關線索。

起床後，阿亮因夢境的示現感到釋懷許多，而魔鏡在法國被竊，雖然已經報案警方會協助尋找，但不一定能找回這個珍貴古物，心態上只好隨緣暫且放下吧！

警方對於蘇定命案的偵查，陷入膠著一段時間，曾經找來可能涉案的幾位人物，可是最後都因證據不夠充

分而作罷。不可思議的是，神鳥示現夢境約一個月後，案情峰迴路轉，果然殺死蘇定的涉案人名叫簡阿雄，因為逃不過良心的譴責，主動投案，他還原當時反核運動現場一片慌亂之際，當下很緊張，因而誤殺了蘇定，並非刻意要置人於死地，並且表示深深的懺悔，希望家屬能夠原諒他的過失。

蘇定的妻子曉鈴是佛教徒，每天都讀誦《般若心經》，祈求案情早日水落石出。當她知道案情已經偵破的霎那，感到無比的安慰，終於可以告慰丈夫在天之靈，也衷心感謝觀世音菩薩在冥冥中，協助感化涉案人投案。阿亮也感到開心，終於不用再為案情而奔波勞累。

雖然魔鏡已經遭竊不知是否可以找回，但是阿亮對神秘天書的下落，仍然耿耿於懷。兩年來，他走訪過很多國家的古堡或寺廟等地尋尋覓覓，可是都無功而返，稍感遺憾。究竟神秘天書何時會出現？阿亮期待能有新的線索發現。

5-14 神秘天書 英國之旅

魔鏡在法國飯店被偷，至今依然下落不明，阿亮有點兒失落，仍存著一絲希望，盼望有朝一日可以順利找回。對神秘天書的蹤跡，他始終耿耿於懷，自從殺死蘇定兇手自首破案後，他轉而積極尋找天書下落，因為這是他此生很重要的任務之一。

阿亮的大學好友仁傑曾住在英國多年，打聽到英國西敏寺及大英博物館，極可能是天書現蹤之處，阿亮和雪嬌於是邀約好共同時間，立即啟程前往西敏寺大教堂大英及博物館展開英國之旅。

這對情侶因相聚時間越來越多，兩人的感情又逐漸升溫，雖然雪嬌的父母並不看好阿亮，因他不是富二代，家境非門當戶對，可以說毫無興趣，但是偏偏固執的雪嬌卻獨鍾情於阿亮，造成父母很大困擾。

相約好天氣不錯的日子，艷陽高照，興高采烈的雪嬌陪同阿亮，第一站來到西敏寺，是遊客在倫敦旅遊相當具有指標性的之一個景點，對阿亮而言，由於是天書可能落腳之處，增添幾許的神秘之處。此地每天都有大量觀光客湧入，阿亮和雪嬌緊緊牽住對方的手，深怕會走丟人。

西敏寺全名又稱「西敏聖彼德協同教堂」，阿亮他們看到以哥德式建築風格華麗的矗立在泰唔士河旁的教堂及為讚嘆及欣喜。西敏寺是英國國王的加冕場所，

2022 年往生的英國女王伊莉莎白二世就在此加冕，同時也是皇室或重大葬禮舉辦的所在，教堂內有歷代的英國國王及王后、貴族、詩人、將軍、政治家、科學家都在裡頭長眠。

雪嬌告訴阿亮：『文獻資料顯示許多英國君主、名人選擇在西敏寺安葬，墓碑、紀念碑遍佈教堂中，包含許多偉人的紀念碑，有達爾文、邱吉爾、牛頓和瓦特在英國歷史中佔有相當重要的地位和意義。』可是阿亮在西敏寺仔細參觀了大半天，毫無頭緒，看不出來天書可能隱藏在何處？難道還有其他隱密之處？

雪嬌提出疑問：『地下室通常是很神祕之處，也許可以找到蛛絲馬跡？西敏寺教堂有地下室嗎？：阿亮：『沒有聽說過西敏寺地有地下室啊！』

這次西敏寺之行，他們匆匆成行，在沒有當地的專家引導下，一無所獲。阿亮、雪嬌把希望寄託在下一站—大英博物館。

第二天上午，阿亮在兩位專業人士名大衛、亨利的帶領下，順利來到大英博物館，這是一座於英國倫敦的綜合博物館，也是世界上規模最大、最著名的博物館之一，成立於 1753 年。

大衛說：目前博物館擁有藏品八百多萬件。由於空間的限制，目前還有大批藏品未能公開展出。博物館在 1759 年 1 月 15 日起正式對公眾開放。

亨利補充：大英博物館的淵源最早可追溯到 1753 年。漢斯·斯隆（1660 至 1753 年）爵士是當時的一位著名收藏家，1753 年他去世後遺留下來的個人藏品達將近八萬件，還有大批植物標本及書籍、手稿。根據他的遺囑，所有藏品都捐贈給國家。這些藏品最後被交給

了英國國會。在通過公眾募款籌集建築博物館的資金後，大英博物館最終於 1759 年 1 月 15 日在倫敦市區附近的蒙塔古宮成立並對公眾開放。

博物館在開放後通過英國人在各地的各種活動攫取了大批珍貴藏品，早期的大英博物館傾向於收集自然歷史標本，但也有大量文物、書籍，因此吸引了大批參觀者。

到了 19 世紀初，蒙塔古宮已經顯得不敷使用了。於是 1824 年博物館決定在蒙塔古宮北面建造一座新館，並在 1840 年代完成，舊蒙塔古宮不久後便被拆除。新館建成後不久又在院子裡建了對公眾開放的圓形閱覽室。

在過去的 250 年間，博物館的收藏持續擴張，但博物館的空間有限，因此成立幾個分支機構。1880 年大英博物館將自然歷史標本與考古文物分離，大英博物館專門收集考古文物，1881 年成立自然歷史博物館為該館的第一個分支機構。

1973 年，英國訂定《大英圖書館法案》，博物館將書籍、手稿等內容分離組成新的大英圖書館。但一直延續到 1997 年，大英博物館仍繼續託管大英圖書館的業務。進入 21 世紀後，大英博物館已經發展成為世界上最大的博物館之一，且還在繼續擴充和改善其公共空間與設施。2008 至 2009 年間，四個新的常設展館相繼落成開放，博物館的另一項主要新建項目—世界文保與展覽中心，也已於 2014 年落成並投入使用。

聽了大英博物館許多背景故事之後，阿亮和雪嬌更關心的是，究竟何處是神秘天書的藏匿之處？

5-15 解謎天書 夢中驚喜

大英博物館固然有許多值得駐足之處，在導覽專業朋友詳細解說下，阿亮和雪嬌連續停留兩天，流連忘返，興致勃勃，可是他們更想知道何處是神秘天書的藏匿之處？

白天的大英博物館，雖然沒有找到和天書有關的線索，但是到了夜晚，體質特殊且容易作夢的阿亮，在夢

中看到奇蹟出現。

守護神般的神鳥向阿亮發出聲音：你日夜掛念的天書，其實就在台灣，不必到處出國尋覓。阿亮夢中不解地問神鳥：如果天書在台灣的話，那麼在那個地方可以找到？

神鳥：你已經去過那個地方了！阿亮說：真的嗎？接著夢中出現佛陀紀念館的莊嚴大佛在微笑。沒有多久功夫，阿亮突然驚醒，覺得不可思議！

阿亮沒有立即告訴雪嬌夢中有關天書之事，因為雪嬌突然身體不適而病倒，經過醫生判斷是耳鳴造成嚴重的暈眩，建議緊急住院檢查是否還有其他病症，阿亮因此通知雪嬌父母從大陸趕來英國，等身體狀況好些，再回去大陸調養。

在醫院住院期間，經過阿亮細心照料，三天後雪嬌身體逐漸好轉，於是隨父母回到大陸。

阿亮則一個人落寞返回台灣。不過對於神鳥夢中提到天書在台灣且示現佛館大佛之事，心中驚喜萬分，因為總算有了清楚的尋覓目標！

返回台灣後，阿亮迫不及待邀約王又藍夫婦一起在安靜的一家餐廳用餐，避免被干擾，方便討論神秘天書的事情。

王又藍秘書長的妻子夏萍，首先好奇地問：『神秘天書竟然是在台灣？』

阿亮答：『神鳥夢中告訴我，確實是這樣說的。』

王又藍問：『看到佛陀紀念館大佛微笑是怎麼一回事？』

阿亮答：『我猜測莫非是指天書，竟然藏在佛館之某一個地方？』

夏萍問：『佛館我們之前一起前往探索過，但是沒有發現天書的線索啊！』

阿亮說：『可是我們不知天書究竟是何物？又怎麼知道佛館沒有隱藏天書呢？』

王又藍回應：『建議找個時間，我們三人再度造訪佛館吧！也許佛祖會顯靈告訴我們天書是何物也不一定！』阿亮覺得這個建議很好，於是三人同意再度出發前往高雄的佛館，一起探個究竟！

5-16 佛祖顯靈 天書曝光

祕書長王又藍夫婦及阿亮三人開心地到達佛光山佛陀紀念館的禮敬大廳的時候，神鳥已經在門口等待歡迎，讓大家感到十分驚訝！

沿著佛館的長廊走去，經過八正塔後來到佛館裡面的玉佛殿，除有莊嚴的臥佛外，供奉著佛牙舍利，是他們的第一站拜訪之處，期盼佛祖顯靈，能夠告知神秘天書是何物？

坐在大殿門口的一位法師很親切招呼三位香客，並詢問是否需要提供協助？

高雄佛陀紀念館

王又藍秘書長聽到可以『協助』，馬上想到此行任務，是尋找天書，因此詢問法師：『佛館是否有珍貴的經典存放？』

法師不假思索回應:『有啊！在佛館最高處的佛剎，有放置信徒抄寫的《般若心經》，所謂百萬人抄寫心經活動，已經舉辦多次。』阿亮頻頻點頭示意，因為上次訪問佛光山，有參加過此極為殊勝之活動。

王又藍秘書長心裡正納悶：《般若心經》雖只有260字，但意義深遠流長，是很多人都會背誦的佛教經典，為何須放在佛館珍藏，留給後人觀看？

阿亮問：『《般若心經》既然如此重要，且普及人

大佛微笑解謎

心，而我們想知道，佛法真實義究竟為何？』

玄奘大師西行取經之時，曾得觀世音菩薩化身指點，在遭遇險阻時念誦《般若心經》，得到諸佛菩薩護持，化險為夷，絕處逢生。

法師簡要回答心經涵意：『《般若心經》是佛經裡經文最短的一部，只有 260 字，可是卻代表六百卷的《大般若經》，因此是般若經的中心。』《般若心經》是智慧之母，若能以心念護持，時時觀照自我，在生活中實踐修行，自然可以身心自在，處處得善緣，得到修行的大利益。

聽過法師的善意解說後，大家心開意解。當時因為玉佛殿剛好沒其他遊客干擾，於是三人索性盤腿，在大殿盤腿靜坐片刻！

不可思議的是，十分鐘後，大殿內的空中響起《般若心經》美妙的梵唄唱誦聲，三人不約而同，都可以聽到心經的唱誦，頓時陶醉在美妙的梵唄聲而法喜自在！

大約靜坐半個小時後，大家睜開雙眼，三人交談意見後發現，竟然都有聽到《般若心經》美妙梵唄的唱誦，不禁嘖嘖稱奇！

到了夜晚，三人住在佛光樓的臥室，正位在大佛底下，能夠有佛祖的慰藉，就是不一樣。清晨破曉時分，阿亮夢中聽到神鳥唱誦《般若心經》，很享受法音清流的喜悅。神鳥夢中透露天機：您們日夜想念且到處尋覓的神秘天書，其實就是《般若心經》！

不識廬山真面目，只緣身在此山中。恍然大悟的阿亮，醒來後淚流滿面！覺得自己過去出國到處探訪天書的下落，很荒謬又好笑，原來天書就是《般若心經》，竟然在自己的國家。

第二天一早，阿亮和王又藍秘書長夫婦在佛館，享用清爽可口的美食早餐，立即透露關於神鳥的夢境，王又藍夫婦發出一片驚訝聲！果然佛祖顯靈，不虛此行！

5-17 願有情人終成眷屬

參訪可以開拓胸襟視野，增廣見聞。回想為了要尋找神秘天書下落，阿亮的足跡曾經遍及法國的香波堡、大陸的靈隱寺、廈門的普陀寺、西安法門寺地宮、英國西敏寺的教堂、大英博物館、高雄的佛陀紀念館等，直到神鳥夢中透露天機，才知道所謂神秘天書，竟然就是《般若心經》，讓阿亮非常的驚訝。

所謂好事多磨，天下無難事，只怕有心人。繞了一大圈參訪，阿亮才明白有關天書的真相。不過，既然已

經找到答案，心裡覺得好踏實，終於安心了。

許多人不願意攀登到山頂，因為登上頂峰，要耗掉許多精力，付出代價，但是阿亮認為，此種努力是值得的，因為每登高一步，景觀會帶給您震撼、驚嘆、興奮。

雪嬌因為在英國之旅生一場病後，由父母接回去大陸靜養一段時間，經過數月的折騰，他的父母為了哄女兒開心，不再強迫雪嬌要嫁給富二代，也不反對雪嬌與阿亮的婚事，終於同意讓有情人終成眷屬。

阿亮在婚前告訴雪嬌，自己這一期生命除了偵探工作外，是有特殊使命與任務—即利益有情眾生，幫助需要的人，期許自己，像太陽一般可以溫暖別人。更希望雪嬌能當個白頭偕老的好妻子，互相扶持，一起完成這個使命。雪嬌回應：『當然可以。我很歡喜可以和你一起實現使命！』

自從阿亮找雪嬌一起尋找魔鏡及天書的過程中，可以看出雪嬌始終無怨無悔在阿亮身邊，一起協助及幫忙，確實讓阿亮銘記在心，內心亦很感動。所以他願意照顧雪嬌一輩子作為回饋。阿亮認為，在幸福婚姻中，雙方應該尊注重對方的興趣與愛好。婚後雪嬌可以繼續作畫，保有對藝術的愛好。

法國香波堡是阿亮、雪嬌第一次見面的地方，也是雪嬌燃起愛苗、一見鍾情之處。半年後，雪嬌身體已經完全康復，他的父母決定在巴黎為這一對新人祝福。

喜歡炫富的母親，為寶貝女兒雪嬌在豪華飯店舉辦隆重的婚禮，雖然邀請參加親友只有十桌，但是會場布置很溫馨。王又藍夫婦也特地從台灣飛到巴黎祝福好朋友阿亮、雪嬌永浴愛河。

最樸素的，往往最華麗，最簡單的，往往最時髦。穿上一身美麗婚紗的雪嬌，明豔動人，覺得自己好幸福，彷彿置身天堂一般！他們選擇義大利羅馬，度過新婚蜜月的半個月，享受甜蜜的新婚生活。

阿亮因為找到神秘天書的答案後，心情更加放鬆許多，蜜月旅行期間還在思索未來的人生將何去何從？如何盡心盡力完成此生的使命任務？

關於珍貴的古董魔鏡在巴黎遺失之事，雖然已經報警處理，但是法國警方始終遲遲沒有找到蛛絲馬跡，是否該繼續尋找，還是放棄，阿亮陷入苦惱之中。神鳥夜間以一股聲音託夢，提醒阿亮：『放下吧，不用擔心，魔鏡有朝一日，終會出現，物歸原主。』阿亮終於釋懷了！

阿亮和雪嬌新婚後，充分體會到每一天都是一段短暫的生命，時間一天天過去，不再回頭，把握當下，真誠對待別人，要用感恩心情度過每一天。幸福不是停留在幻想和感受上的快樂，還包含喜悅、沉思、睿智。

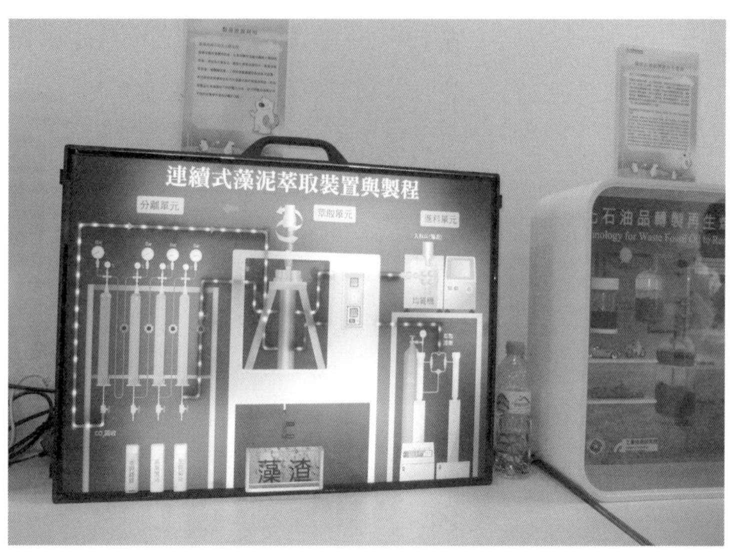
連續式藻泥萃取裝置與製程
分離單元
萃取單元
進料單元
藻渣

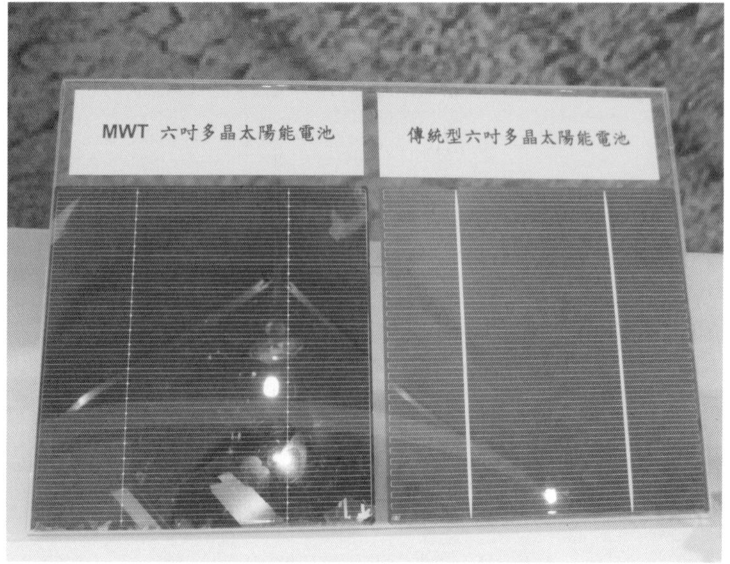
MWT 六吋多晶太陽能電池
傳統型六吋多晶太陽能電池

第六部 詭譎情勢

6-1 協會改選 暗潮洶湧

時間飛逝，綠能協會三年一任的理監事改選將至，而第一任洪樂天理事長連選得連任，已經擔任兩屆六年了，他始終心存感恩，熱心付出，無私貢獻心力，大家有目共睹，所以即將來臨的理監事改選，依照章程，他必須功成身退下台。

下一屆理事長的候選人，有好幾位競爭，浮在檯面上的人選包含企業界、學者、立法委員等，競爭激烈，暗潮洶湧。綠能協會就在理監事改選前，舉辦了一場國內綠能企業的參訪，有太陽光電、風能、燃料電池企業，紛紛表態歡迎會員前往參訪，藉機拉攏人心，希望獲得更多人的支持，能夠坐上理事長的寶座。

即將卸任的洪樂天理事長是學者出身，回首六年來，雖然自己的工作很忙碌，但為協會積極爭取不少資源，貢獻不少心力，可以說苦樂參半。但對於該支持哪一位擔任下一任理事長，遲遲不動聲色。

一天下午，洪樂天理事長把王又藍秘書長找去喝咖啡，對秘書長六年來一起搭配，打了美好的一仗，尤其是推動《再生能源發展條例》的立法過關，努力無私地付出，表達深深謝意。

平日不喜歡談論別人是非的洪樂天理事長，閒聊中無意間談及未來新繼任人選，應具備條件是甚麼？他語重心長 ：『希望新的理事長人選，最好是對協會過去貢獻度要很高，且具有服務大眾的熱忱，更要把公眾的利益擺第一，立場必需中立。最好要有承擔力及魄力』

王又藍秘書長：『您心中是否已經有適合的推薦人選？』目前有意競選協會理事長人選，包含有立法委員、綠能企業老闆、學者等人選躍躍欲試。王又藍秘書長娓娓道來，根據不同候選人的人格特質，分析競爭者心態及條件。

洪樂天不願意明白說出內心的理想人選是哪一位，只是暗示，有些人不適合擔任這個無給職的理事長！王又藍秘書長雖然心中明白洪樂天理事長的心意，但又無法阻擋一些人積極參與競爭，因此陷入兩難。

越來越接近選舉理監事的日子，候選人各個摩拳擦掌，小動作頻繁，私下電話拜票，以拉攏人心，究竟誰會勝出擔任綠能協會的下一任理事長？誰又是影響整個結果的關鍵人物？

6-2 改選理事 呼之欲出

《孟子》：天將降大任於是人也，必先苦其心志，勞其筋骨，餓其體膚，空乏其身，行拂亂其所為，所以動心忍性，增益其所不能。綠能協會第三屆理監事改選的日子，即將來臨，檯面上的人選有企業界、學者、立法委員等，都有派代表出來競爭，最終目標是要當選協會龍頭一理事長。

能否當選協會理監事的靈魂人物，非協會秘書長王又藍莫屬，因為他需要運籌帷幄，成為每一位候選人拉攏的對象。

周姓立法委員私下明確告訴王又藍秘書長：『因為他身為民意代表，對協會爭取經費的籌措將有優勢，尤其是對協會辦公室經費的補助都不成問題，希望秘書長可以協助他，順利當選下一屆的理事長。』

王又藍秘書長心中有數，周姓立委不是很受協會會員的歡迎，如果要選上理監事應沒有問題，至於要選上理事長，恐怕難度很高。不過也不便明說，只能盡力而為。

綠能企業界代表則有光電界董事長及燃料電池業的老闆，也想競爭這次理事長，他們虎視眈眈，也私下分別找秘書長商量，如何可以順利登上理事長寶座？

光電業老闆向王又藍推薦自己優勢：『光電產業是綠能的主流，我個人的人緣不錯，應該由我承擔大任，為大家謀取更多福利。』

燃料電池界董事長主張自己最適合擔任理事長，理由是：『平日默默關懷協會，過去曾擔任兩屆副理事長，始終出錢出力，雖然我的企業本身財力不算雄厚，但是一旦當選理事長的話，必將尋覓財力雄厚的金主，承擔副理事長，以幫助協會在會務運作上的資金來源不會欠缺。』

任教大學的王姓學者，自認對事立場中立，不會偏頗，更適合承擔理事長之職，私下向秘書長吐露心聲。王又藍秘書長陷入兩難，究竟應選擇哪一位來輔佐，幫助他順利登上理事長寶座？

每一位候選人都私下積極電話拜票，以便拉攏人心，使得理監事選舉進入白熱化。至於是否有賄選買票，不得而知？畢竟依照一般市場通常行規，當選理監事，雖是榮譽職，不但沒有酬勞，還要對協會的財務有所貢獻。

6-3 改選落幕 醞釀風暴

不論誰當選下屆理事長，對經過大風大浪的王又藍秘書長來說，以平常心看待。他想起唐朝烏窠道林的

〈浮生是夢〉：『來時無跡去無踪，去與來時事一同；何須更問浮生事，只此浮生是夢中。』

終於到了選舉理監事的日子，這一天的會員大會，天氣晴朗風和日麗，協會會員出席情況非常踴躍，一個半小時之後的投票，二十一位理監事終於揭曉。

其中，迪應太陽光電公司總經理王士杰不負眾望，登上綠能協會第三屆理事長寶座，兩位副理事長分別是周姓立法委員和燃料電池界的張老闆擔任。為感謝洪樂天理事長兩屆的辛勞，卸任後聘為榮譽理事長。

改選會議結果出爐，看得出來，兩位副理事長心中難掩失望之情，因為他們都志在問鼎理事長寶座，可是天不從人願。

大會結束會，新科理事長王士杰總經理在一家飯店，宴請所有理監事及會員聚餐，以示感謝及慶祝，氣氛熱鬧非凡。

王士杰總經理在選上綠能協會理事長的第一次的理

監事會議上，強調未來工作方向，將關注在強化兩岸的綠能交流及參訪，並希望有機會的話，應該盡可能組團到國外參展，增加廠商曝光度。同時指示，《再生能源發展條例》經過時間的考驗，發現仍有許多待改進之處，希望凝聚各界力量，儘速完成法案的修訂，期盼綠能產業在台灣能夠發光發熱。

理監事會議上，王士杰理事長挽留王又藍秘書長，繼續在協會服務，希望借助他熟悉各方面會務，早日完成尚待努力目標，減少摸索機會。王又藍秘書長在協會服務六年，深獲大家的信任與喜愛，理監事一致同意秘書長的續聘案。

新理事長上任後的第一個任務是，舉辦兩岸綠能交流，除了邀請大陸廠商來台舉辦座談外，也親自率團前往大陸，和當地綠能業者進行參訪交流。王又藍秘書長因此進入忙碌時刻，扮演穿梭兩岸牽線腳色，煞是辛苦，不過業者收穫滿滿。

前往大陸進行交流之前，協會在國內先針對氣候變遷引起的全球性效應，進行探討。氣候變遷引起的全球性效應，各國大力發展再生能源，因為有減量承諾與壓力，減碳績效被認可並具體化，形成新的綠色資產。以再生能源發電的電能，因此被賦予碳減量價值。

根據國際能源總署提出的「能源科技未來展望（2008）」報告，依其模擬分析，到 2050 年，全球二氧化碳排放減量目標量為 480 億噸， 其中被視為「關鍵技術」者包括： 一、能源使用端效率 ；二、 供應端發電效率；三、 再生能源；四、核能發電；五、碳捕捉與封存等。此項結果顯現，全球要有效減碳， 維持大氣碳平衡，需仰賴多元化新技術之開發、普及與應用。

雖然綠能協會理監事改選落幕，但是因為燃料電池的張老闆本來預期自己可以順利當選理事長，但是卻落空了，正在醞釀一股新勢力，他想結合周立委也是新任副理事長，一起讓王士杰下台，讓新任理事長進入一場即將展開的風暴！

6-4 龍頭往生 橫生變數

迪應太陽光電公司總經理王士杰，登上綠能協會第三屆理事長寶座後，非常積極展開各項會務，在秘書長王又藍的輔佐下，除展開對兩岸綠能企業交流外，將提出修正《再生能源發展條例》法案，列為重點工作。

王士杰在所屬的太陽光電公司及綠能協會，兩邊業務都要兼顧下，蠟燭兩頭燒，身體已經發出警訊。一天上午，他在公司覺得很疲倦，正要前往會議室開會時，突然倒下，身邊秘書緊急將王總送醫急救，但是因心肌梗塞突然發作，經醫生搶救無效，回天乏術，頓時公司陷入哀傷的悲痛情緒中。

家屬無法接受王士杰的突然離開世間，尤其王總的妻子徐真真平日樂善好施，個性開朗，但是無法接受這個突如其來的噩耗。正在念大學的女兒王茵茵，平日父女情深，也無法接受晴天霹靂的壞消息。母女倆半個月足不出戶，心情非常鬱悶，始終無法走出內心深切的悲痛。

徐真真最後在好友鼓勵下，終於願意前往寺院，向法師請益，希望打開心中的鬱悶之結。有生必有死，這是必然的法則，死亡如睡覺一樣，也是一種安息。佛教對死亡稱為『往生』，因為死亡只是肉體老朽後的淘汰，生命可以依業力及心念、願力，往生到更善美的去處。往生讓人對生命懷有無限的希望，因此對於往生早也好，遲也好，死了還會再重生，若有此體認，生死就沒有甚麼值得罣礙的了。

人不是活著才叫生，死的時候才叫死。根據科學研究，人體的細胞時刻都在新陳代謝，每七天或七年就是一個週期，尤其七年一次的新陳代謝，使我們脫胎換骨，變成另一個人，這不就是一番生死了嗎？生時不苦不惱，死前不憂不悲，用平常心看待生死，就像花開葉落一般的自然，才能擁有解脫的自在境界。

對於法師的殷切叮嚀開示，徐真真善根深厚，立即心開意解，願意放下對先生感情的執著與眷戀，走出憂傷與悲痛！但是獨生女王茵茵仍然無法放下心中對父親的深深思念與悲痛之情！

家人在佛教寺院，為王士杰舉辦一場莊嚴的告別式後，他這一期生命就畫下休止符了。喜歡蓮花的王士杰，生前在辦公室牆上掛有一首詩（讚蓮）：『陸上百花競芬芳，碧水潭畔默默香；不與桃李爭春風，七月流火送清涼。』親友們希望他能花開見佛，蒙阿彌陀佛接引到清淨的西方極樂淨土，蓮品上升！

王士杰生前廣結善緣，喜歡結交各類朋友，告別式上，前來送他最後一程的親朋好友很多，也都為他深深祝禱。其中一位好友是聲樂家，也到告別式中獻唱一首『浮生若夢』，作為給好友的祝福，感動很多現場的朋友！

『浮生若夢』歌詞如下：

『像浮萍一樣的人生，就如南柯一夢，你看那富貴榮華，悲歡離合，你看那癡心迷妄，生生死死，多少歲月，多少惆悵，都不過一夢一生。像幻夢一樣的人生，夢裡還有多少夢，你看那是非成敗，榮辱得失，你看那千年悟道，夢裡明明有六趣，覺後空空無大千。大夢誰先覺，平生我自知，多少歡喜 多少悲傷，都只在浮生夢中。大夢誰先覺，平生我自知，多少歡喜 多少悲傷，都只在浮生夢中。』

6-5 協會新主 重新改選

王士杰理事長突然不幸往生後，要由誰接替綠能協會的新理事長？理監事會議中，現任兩位副理事長包括周吏立法委員和燃料電池界的張新傑老闆，都表態有意願爭取寶座。會議中決議，兩個人於舉辦一場內部辯論會後，以投票定奪。

經過一場激烈的辯論後，理監事們重新投票，企業界的張新傑老闆脫穎而出，成為下一任的綠能協會理事長。周吏立法委員雖然無法如願當上龍頭，也很有風度大方恭喜張新傑理事長榮登寶座。

張新傑覬覦協會理事長這個職位已經很久，可是一直無緣擔任理事長職位。這次重新選舉投票，僥倖打敗周吏立委而登上理事長的職位。為確保職位穩固，他立即指定要由財務實力不錯的陳影擔任副理事長，讓協會財務沒有後顧之憂，以便維持會務運作。

無論協會龍頭如何更動，綠能協會仍然是由業務嫻熟的王又藍擔任秘書長，新任張理事長必須倚賴他，希望可以保持良好的互動。

一天下午，張新傑理事長邀約陳影與王又藍秘書長餐敘，共商大計，未來協會將何去何從？

因副理事長陳影非常忙碌，有關協會財務資金的挹注及稽核，交由他的妻子林韻竹處理，但她個性多疑，根本不信任別人，因為有贊助協會部分資金，動輒使喚會計黃小姐拿帳冊給她稽核，使得會計及王又藍秘書長不勝其擾，也種下彼此的心結，造成合作上不愉快。

王又藍秘書長雖然有向張新傑理事長反映，有關林韻竹動輒查帳之事，因為他不敢得罪金主副理事長陳影只好默不吭聲，使得協會氛圍很詭譎，王又藍秘書長日漸心灰意冷，有意求去。

張新傑理事長則經常前往立法院，巴結民代且送禮表達心意，希望透過立委向相關官員施壓，以便獲取更多的再生能源經費補助。而副理事長陳影好大喜功，對於推動兩岸綠能交流樂此不疲，希望王又藍秘書長經常邀約大陸企業訪台座談或招待餐敘，以便換取個人日後前往大陸，有更多資源可利用。

林韻竹干預協會事務之囂張行徑，已經鑄下陳影副理事長和協會的王又藍秘書長、理監事等人的關係降到冰點，亦埋下一顆不定時炸彈，看來一場暴風雨即將來臨。

6-6 辭職挽留 何去何從

新官上任三把火，協會新任副理事長陳影對於推動兩岸綠能交流，樂此不疲，讓王又藍秘書長疲於奔命。

有一次，邀約四川重慶企業約二十餘人訪台，除了餐敘外，還進行小規模的座談會。其實大陸所謂業界人士來台，其身分有些是共產黨身分，有些則是國營企業代表，無法光是書面審核就可得知。因為大陸人士身分的調查，在入境時邀請單位須提供正確資料給有關單位查核，對協會來說，有一定的困難。

這一次邀約來台的重慶團隊，是以傳統能源企業為主，並非屬於綠能企業，主樣是副理事長陳影的大陸好友，希望來台訪問，他們並嚮往台灣的美景，順便遊山玩水數日，因此用綠能協會名義邀約訪台，總算順利成行。

第一天重慶訪問團抵達，晚上協會邀約在高檔飯店餐敘，展開兩岸的對話交流。協會理監事十餘位是座上賓，由陳影買單。重慶訪問團的企業團員，普遍不希望拿出名片交換，因為它們的身分有多重，屬於機密，不便透露，弄得現場氣氛有一點尷尬。

大陸訪問團的黃團長在酒席上致詞得意忘形說，重慶市人口幾乎快要與台灣一樣多，言語中總是以老大哥自居，讓協會理監事有點難堪。後來理事長張新傑匆匆趕來向賓客敬酒，才稍微化解彼此尷尬的氣氛。

協會除舉辦座談會交流外，訪問團團員希望還有時間，可以到處觀看台灣中、南部的風光，包括日月潭、阿里山等，因此和協會的互動，很快告一段落，彼此留下不是很愉悅印象。

王又藍秘書長對此次大陸參訪團來台的前置作業很辛苦，光是文件往返就花掉很多時間，且費盡心思接待，可是卻無法消弭彼此間的意識形態，覺得很遺憾又無奈。

王又藍秘書長經過這次的安排兩岸交流活動，吃力不討好，加上副理事長陳影之妻林韻竹干預協會事務之囂張行徑，及動輒以查帳為藉口找麻煩，心生辭意，希望將秘書長職位交棒給他人。不過這項辭呈，理事長張新傑沒有批准且不斷慰留。

王又藍秘書長：『上任以來的交辦任務，已經告一段落，希望理事長能夠另覓人選擔任秘書長。』張新傑理事長回應：『我才上任不久，許多會務不熟悉，需要倚賴您繼續承擔任務，可否撤回辭職之事？』

王又藍秘書長語重心長：『協會帳務一直以來始終非常清楚，且依照規定申報，沒有不法之事，但是卻經常要被陳影之妻林韻竹干預，不勝其煩？』張新傑理事長：『我承諾一定會好好處理這件事，希望您不用放在心上。』

王又藍秘書長為人正直，有理想抱負，對於張理事長的堅持留人，感到無奈，只好請假數日，好好思考未來何去何從？

6-7 逼宮隱憂 蒙上陰影

在命運的田地裡，每個人都有選擇的權利，你想種植芬芳的玫瑰，還是雜亂叢生的荊棘？經過數日的思考，為人有正義感的王又藍秘書長原來因為諸多因素，要向協會提出辭呈，但在理事長張新傑不斷慰留及顧及別人面子情況下，王又藍秘書長只好勉強答應繼續待在協會。不過卻種下雙方合作不愉快的開端，及日後走上訴訟之路。

理事長張新傑因為個人公司的業務拓展不是很順利，因此經常前往立法院，向民代送禮，希望立委對綠能政府相關單位施壓，以便能爭取更多綠能方面的補助款。

由於理事長張新傑和立委互動密切，雙方各有所圖，合作無間。半年以後，因為立法委員辦公室主任，胃口越來越大，希望企業主除提供一定金額報酬外，也能擔任綠能協會秘書長職務作為交換，取代王又藍秘書長，使得理事長張新傑陷入為難，究竟如何才能讓王又藍主動辭職？

這個內幕消息很快傳到王又藍秘書長耳裡，當知道張新傑理事長行賄外，還要讓出秘書長職位，有點訝異。其實王又藍本人不戀棧秘書長之職，因為半年前就打算離開協會，只是張新傑理事長誠懇慰留才打消念頭，如今理事長卻用逼宮手段，且向立委行賄交換，達到彼此獲利動機，感到不以為然。

王又藍找來媒體好友冠哲、依芙私下先商議如何因應？冠哲、依芙聽到王又藍秘書長這個爆料內幕，很是震驚，媒體人本能第一個反應是：是否是要將此獨家新聞曝光？還是先蒐證確認，以便擊中要害？

張新傑理事長的個人公司透過民代協助，果然在立委的施壓下，拿到政府不少的補助款而沾沾自喜，殊不知大禍即將臨頭？

世間最大的力量就是忍耐！面對張新傑理事長的逼宮，王又藍秘書長暫時不動聲色，不過私下找來昔日第一任理事長洪樂天，告知事情的經過，洪樂天對新任理事長張新傑的行為表示異常憤怒。

6-8 行賄醜聞 多事之秋

綠能協會自從更換張新傑理事長後，成為多事之秋，氣氛陷入低迷。張新傑曾多次前往立法院，向民代行賄，公司內部有人檢舉，因此檢調展開秘密調查。

秘書長王又藍好友，媒體人冠哲、依芙經過一番思考，並向高層報備後，上級同意要將此獨家新聞曝光。

回憶剛推動《再生能源發展條例》草案的立法之時，秘書長王又藍曾經歷立法委員六位助理主動開口，索賄六百萬元的事件。當時因為電視台的高級長官有所顧慮，而無法將新聞曝光，媒體人冠哲、依芙覺得非常遺憾。如今隨著年代變遷，媒體的生態及老闆思維改變，風雲即將變色。

在電視台醞釀行賄事件曝光的同時，內部有人將消息走漏，本來是某家電視台獨家新聞，檢調介入調查後，多家媒體虎視眈眈這則大消息。

在新聞即將播出之前，平日喜歡訴訟打官司的張新傑先下手為強，了解到媒體可能要播出而非常緊張，因此想要以鈔票堵住電視台有決定權的高官，希望大事化小，不要曝光這則醜聞，不過無功而返。

已經下台的洪樂天擔任綠能協會榮譽理事長，聽到張新傑的行賄立委事件及想要逼秘書長辭職之事，安慰秘書長王又藍不用過於擔心，因為凡事都有因果！

洪樂天：『關於張新傑理事長的行賄行為，有法律的規範約束。這是協會之恥，讓人遺憾。至於協會秘書長之職，建議不需要主動辭職。』

見到大環境情勢不妙，在媒體新聞事件曝光之前，張新傑理事長強烈要求王又藍秘書長下台，為了不要為難張新傑，他只好被迫辭職，不過張理事長當下同意蓋章『非自願離職書』給王又藍。

張新傑在他的公司員工范嫒嫒小姐的見證下，終於蓋章表示同意秘書長王又藍屬於『非自願離職』。但因事後張新傑反悔蓋下這張非自願離職證明書，種下日後雙方勞資糾紛法庭見的因緣。

洪樂天得知王又藍秘書長被迫離職，對張新傑深表痛心，打算提議要改選，換掉不適任的張理事長。

該發生的事情，還是無法遮掩。不久，媒體人冠哲、依芙確認一些真相後，終於率先揭發張新傑理事長向立委行賄的新聞，立委涉嫌收賄的新聞終於被大肆報導，其他電視台立即跟進，引起社會一時的轟動。這件行賄醜聞案，讓綠能協會蒙羞，理監事及會員紛紛表示強烈不滿。

6-9 勞資糾紛 進入訴訟

人生沒有不散的宴席。秘書長王又藍被迫離開了協會，究竟是福是禍？一天下午，王又藍和好友李海律師餐敘，閒聊中談及個人被迫離開協會秘書長職務的內幕。律師聽了之後，建議可以尋求法律途徑救濟，不可輕易放棄自己的權益。

李海律師問：『您是資深主管，既然被迫離職，老闆有支付資遣費或其他補償金嗎？』王又藍：『老闆對立委送禮很大方，但是對其他人其實很小器，哪裡願意支付資遣費？』

李海律師：『您有拿到老闆同意蓋章的『非自願離職證明書』嗎？』

王又藍回應：『有啊！離職之前，在協會辦公室，在張新傑理事長的私人公司員工范媛媛見證下，老闆同意在『非自願離職』證明書上蓋章。』

李海律師『：這樣就對啦！如果訴訟，一定勝算很大。』針對這一樁勞資糾紛，不但李海律師主張訴訟，連榮譽理事長洪樂天也鼓勵王又藍選擇訴訟，爭取權益。

九年來，王又藍秘書長在協會催生再生能源的立法工作及讓綠能產業受到重視，歷經諸多困難，在立法院穿梭，得面對一群不值得信賴的民代，他不但任勞任怨，忍辱負重，對綠能產業的貢獻，也是有目共睹。如今在惡勢力的脅迫下離職，讓人不捨，尤其協會理事長張新傑不願意支付資遣費，讓理監事更是憤慨。

王又藍經過深思熟慮，決定訴諸法律行動，人生中第一次當原告，不過他萬萬沒有想到，原來自己要對抗的人，是動輒經常對別人採取法律訴訟的張新傑，其公司內部有強大的律師團可以辯護。

訴訟以來，王又藍以為有事實真相做後盾，手上握有強力證據，就可以獲得官司的勝算，一定可以討回公道，事實上卻踢到鐵板。同時，為節省費用，以為小小的勞資糾紛而輕敵，王又藍只有雇用法扶的林律師，經驗不夠，還經常要自己提供訴狀內容給律師參考。

出庭期間，會後經常看到張新傑雇用的資深律師，竟然和年輕的女法官，彼此談笑風生，讓王又藍感到一陣心寒。加上女法官在庭上，對王又藍雇用的法扶林律師的輕率不友善問話看來，顯示一切都不尋常？背後的原因，不得而之！

有一次，當傳喚張新傑理事長的私人公司員工范媛媛做人證時，她為了確保工作飯碗，只好配合老闆的要求而做偽證，昧著良心，當下否認老闆張新傑曾經蓋下那一張非自願離職證明書，讓王又藍非常震驚與難過。

當時協會辦公室並沒有安裝監視器，無法說明事實真相，法官選擇採信范媛媛證人的說法，這樣的司法判斷，王又藍心中不平，究竟司法正義何在？

張新傑理事長面對官司，花招不斷，內心很是得意，但媒體揭發他涉嫌向立委行賄的新聞，及立委收賄的報導，仍在持續不斷發酵之中，行賄案讓綠能協會多數人感到不齒，協會理事長的寶座恐怕不保。

『榮辱禍福皆是業，心甘情願任他來；利衰毀譽無非緣，心安理得隨他去』讓有信仰的王又藍，以平常心面對生命的逆境。

6-10 走過寒冬 緣起緣滅

世事短如春夢，人情薄似秋雲，不需計較苦勞心，萬事原來有命。王又藍秘書長與理事長張新傑的恩怨，最後演變成一樁勞資糾紛，還進入官司訴訟，真是讓人始料未及。

出庭期間張新傑被告律師老神在在，彷彿一切都在他的掌控之中，尤其張新傑慫恿員工范媛媛作伪證，法官採信後，造成結果對王又藍非常不利，經過一年的訴訟，王又藍一審敗訴。

張新傑知道自己一審勝訴，洋洋得意向王又藍電話通知：『您還是不要再繼續上訴，這場官司，反正你是不可能贏我的？還是放棄吧！』

已經覓得新工作的王又藍懶得回應：『我目前工作很忙碌，以後再說吧！』

李海律師是王又藍好友，勸他繼續上訴，一定要討回公道。但是榮譽理事長洪樂天了解張新傑為人狡猾奸詐，非常喜歡訴訟，建議王又藍還是專心眼前的新工作，不要浪費時間在打官司上，畢竟人生還有很多值得努力追求的目標。

正當王又藍陷入思考，是否要繼續進入二審打官司？他想起明代高僧憨山德清有首詩：『生前枉費心千萬，死後空持手一雙，悲歡離合朝朝鬧，富貴窮通日日忙。休得爭強來鬥勝，百年渾是戲文場，頃刻一聲鑼鼓歇，不知何處是家鄉。』

王又藍的好友媒體人依芙、冠哲經過人生的許多逆境後，互相扶持，互相信任與依賴，即將步入紅毯。他們對於王又藍的官司一審失敗不以為然，但是又不希望他繼續為此事而耽誤眼前的工作，希望他能放眼未來，畢竟人生的道路寬廣，建議放棄二審的訴訟。

和雪嬌婚後擁有幸福婚姻的偵探阿亮，聽到王又藍官司一審敗訴，前往安慰他：『忍一句，禍根從此無生處；饒一著，切莫與人爭強弱；耐一時，火坑變作白蓮池；退一步，便是人間修行路。』他們的婚姻生活中體會到，多一份幽默、體諒、關心，就可以少一分計較、爭吵、指責。

當天夜晚王又藍夢到有一股聲音對他說：張新傑的確欠你一個『告』，既然你已經當過『原告』就好，還是放棄糾纏不清。

大肚能容，容天下難容之事。夢醒後，王又藍雖心有不甘，但最終決定，還是努力做好眼前的工作比較重要，不再上訴。唯有懂得『放下』，才能輕鬆自在

雖然勞資爭議案，張新傑獲得勝訴，但是協會理監事對他的行徑嗤之以鼻，強烈要求他必須離開協會。而綠能協會面臨是否重新推舉新任理事長，或是面臨瓦解的命運？

自從秘書長王又藍離職後，熱心公益的副秘書長杜柏也無意接替秘書長職位，況且協會這塊『招牌』，因為理事長張新傑的行賄案而處在風雨飄搖之中，一段時間內，媒體的持續報導，鬧得滿城風雨。

榮譽理事長洪樂天在一次臨時理監事會議上，語重心長建議，因為協會的任務已經完成，且張新傑理事長因行賄醜聞案而聲名狼藉，大家又沒有意願推舉新的理事長，考慮解散協會吧。這個提議獲得出席者一致支持，那個曾經創下輝煌戰績的綠能協會，命運就此畫下

休止符。

學者出身的洪樂天預言：近年來，全球暖化問題喚起國際間前所未有的重視。地球平均溫度升高，對氣候是一大浩劫，由於二氧化碳在大氣中可停留數千年，隨著更多二氧化碳注入大自然的運行系統內，氣候異常的效應只會越演越烈。根據聯合國跨政府氣候變遷小組評估，百分之九十確定工業與農業發展所排放的二氧化碳與其他溫室氣體，就是造成全球暖化的元兇。世界各國在此共識下，紛紛立法減碳，形成所謂綠能經濟，鼓勵再生能源之發展與利用。

隨著國際間環保意識的日益覺醒，開發再生能源已成為世界各國極力推動的主要能源替代方案之一。洪樂天預言：未來三十年，因為環境變遷的巨大挑戰，綠能產業勢必獨領風騷，繼續蓬勃發展，例如德國氫能火車 2022 年已經上路。

國發會在 2022 年三月底公布，2050 淨零排放路徑，關鍵的能源結構部分，再生能源佔比，將從 2025 年的二成，大幅提高到六到七成，並納入約一成的氫能電力，百分之一的抽蓄水力，並保留百分之二十到二十七的火力發電搭配碳捕捉封存，達成電力供應的去碳化。工商團體認為，沒有專法可管，也缺乏獨立執行機關，那簡直是天方夜譚，也是一個「不可能的任務」，就像當初的非核家園政策，只有口號，根本無法落實。而解決未來缺電危機及提供穩定的電源，是企業界殷殷期盼的夢想。

推動再生能源發展對節能減碳有正面助益，且根據先進歐美國家的經驗，政府的立法，可以是推動綠色能源最大助力。綠能協會積極奮鬥推動台灣《再生能源發展條例》，過程中備嘗艱辛，歷經八年朝野的抗衡，才在立法院完成三讀程序。

非常諷刺的是，很多年以後，其中一位當年曾經向綠能協會獅子大開口要求索賄六百萬元的立委助理，如今搖身一變，在政黨支持下，當選台灣南部的立委，不禁讓王又藍感嘆：這樣貪得無厭，心中只有私利的人，當選民意代表後，可能會為老百姓謀求福利嗎？要知道其實貪嗔愚昧，乃人間至苦；慈悲喜捨，乃人間至富。

人生的一切，都是其來有自。《三世因果經》說：『欲知前世因，今生受者是；欲知來世果，今生作者是。』我們每一天都活在過去、現在、未來裡面，每一天都活在因緣果報的循環裡，因中有果，果中有因。所謂因果，是你要怎麼收成，就要怎去麼種植。因果通三世，不能只看一時。

一個人若懂得因緣果報。就能認識宇宙的人生真理，就會懂得做人必須要成就眾生，成就好的因緣，因為你打倒別人，自己也不能獨存。

綠能協會成立以來，歷經各式各樣的風暴，憑藉堅忍的意志，走過無數個寒冬，才能屹立不搖，但是最終卻因人為的破壞，使得它面臨必須解散的命運。

沒有人是一座孤島，生命是相互依存的。世界成住壞空，緣起緣滅，儘管協會的使命告一段落而將消失，但是人類為實現未來新的夢想，相信新的團體將會延續下去，為環境之永續發展，服務下一階段的綠能產業而繼續接棒。

生命是世間最寶貴的東西，經過一番人生歷練，王又藍體會到生命的意義與價值，就是竭盡所能地服務大眾，過著隨緣自在的人生。他充分體會到有苦有樂的人生是充實的，有成有敗的人生是合理的，有得有失的人生是公平的，有生有死的人生是自然的。

回首一生心境，王又藍用宋朝蘇東坡的【定風波】，作為自己的註腳：「莫聽穿林打葉聲，何妨吟嘯且徐行。竹杖芒鞋輕勝馬，誰怕？一簑煙雨任平生。料峭春風吹酒醒，微冷，山頭斜照卻相迎。回首向來蕭瑟處，歸去，也無風雨也無晴。」

偵探阿亮心境變化，則如白居易的一首詩【觀幻】：「有起皆因滅，無睽不暫同，從歡終作慼，轉苦又成空。次第花生眼，須臾燭過風，更無尋覓處，鳥跡印空中。」

為了延續地球的生機，我們必須珍惜大自然資源。除了開發內心無形的能源之外，乾淨能源的推動，可以讓我們居住的環境更友善，讓我們一起攜手共建美麗的星球。

—全文完

國家圖書館出版品預行編目（CIP）資料

綠能風暴～八年奮戰 峰迴路轉
安度作 . 初版 . 台北市：九五坊回憶文創有限公司
2022.12
面；14.8x21 公分
ISBN 978-986-95694-1-5 (平裝)
1. 綠能 .2. 再生能源 .3. 新能源 .4. 乾淨能源 .5. 小說 .

863.57　　111019515

綠能風暴～八年奮戰 峰迴路轉

作　　者 / 安度
執行編輯 / 李麗琴
封面設計 / 李麗琴
封面攝影 / 林照輝
出版發行 / 九五坊回憶文創有限公司
登 記 證 / 府產業商字第 10591305500 號
法律顧問 / 呂榮海律師
地　　址 / 108 台北市萬華區成都路 81 號 12 樓之 19
電　　話 / (02) 2361–3386
傳　　真 / (02)2381–8581
電子信箱 / 95mcws@gmail.com
戶　　名 / 九五坊回憶文創有限公司
劃撥帳號 / 50430386
網　　址 / https://publisher-2417.business.site
代理經銷 / 白象文化事業有限公司
代銷地址 / 401 台中市東區和平街 228 巷 44 號
電子書代銷 / 城邦印書館股份有限公司
地　　址 / 104 台北市民生東路二段 141 號 B1
定　　價 / 新台幣 300 元
出版日期 / 2022 年 12 月
I S B N / 978-986-95694-1-5